LA BÊTE NOIRE

Collection dirigée par Glenn Tavennec

L'AUTEUR

Olivier Gallien est né en 1986 dans la région parisienne. Après une adolescence chahutée et des années de lycée buissonnier, il voyage, enchaîne ici et là les petits boulots : péager la nuit, ouvreur dans un cinéma, serveur à New York… Il tire son inspiration de ces multiples expériences, ne cessant d'écrire, découvrant les espaces romanesques. Il explore de nombreux langages artistiques, comme la musique, la photographie ou encore la réalisation, mais sa passion de toujours est l'écriture.

Dans la neige ardente est son premier roman publié aux Éditions Robert Laffont en 2022 dans la collection « La Bête noire ».

OLIVIER GALLIEN

DANS LA NEIGE ARDENTE

LA BÊTE NOIRE
Robert Laffont

Ouvrage publié par Camille Racine

ISSN : 2431-6385
ISBN : 978-2-221-25928-3

Dépôt légal : janvier 2022
Éditions Robert Laffont – 92, avenue de France 75013 Paris

À mon père

« Je pense encore à la poussière
Qui reste de vos lèvres et de vos yeux –
À tous ces yeux qui reposent morts…
À eux, à nous… »

Marina Tsvétaïéva, *Le ciel brûle*

PREMIÈRE PARTIE

ALORS QUE LE CIEL FLAMBOIE

Hugo

Cette nuit-là, les sirènes ont retenti. Les machines se sont mises en branle, la ville allait subir un bombardement. Le son, il montait dans les aigus, redescendait dans les graves. Il montait, descendait, montait, descendait, la fornication avec nos tympans, à 380 hertz. C'était un chant de l'enfer qui déchirait la nuit. La langue nous était étrangère et l'on comprenait pourtant l'essence du message : « Planquez-vous, fous que vous êtes, planquez-vous, la douleur arrive. »

Par la baie vitrée de l'appartement, au huitième et dernier étage, je pouvais voir l'horizon se teinter d'un rouge ardent. Je n'entendais pas encore les explosions, mais j'apercevais les éclairs de feu qui déchiraient le ciel, par à-coups, et qui s'approchaient avec la lenteur de l'inéluctable. Ça jaillissait en jaune orangé, un feu d'artifice un peu vulgaire.

J'ai imaginé le sol se faire martyriser au rythme des saccades lumineuses, là-bas, de l'autre côté de la frontière. Les geysers de flammes, la terre qui devait voler dans les airs, se fondre dans l'obscurité avant de retomber en une multitude de particules calcinées. J'ai observé ces lueurs qui anéantissaient une partie de ma vie et je m'en voulais de les trouver belles malgré tout, d'apprécier la beauté de la scène jusqu'à en oublier ce qu'elle était vraiment : un carnage, une brûlure qui ne pourrait cicatriser.

Ça a duré un bon moment. Et puisque je savais que le raffut du tocsin m'empêcherait de dormir, je me suis installé aux premières loges. J'ai tiré le fauteuil jusque devant les grandes vitres, j'ai roulé une cigarette et j'ai regardé le spectacle. Le ciel encadré par le contour des fenêtres. Comme un écran de cinéma. Mais je savais qu'à la différence d'un film, lorsque le clap de fin se ferait entendre, ce serait bel et bien définitif. Que lorsque le décor serait réduit en poussière, plus personne ne serait là pour en construire un nouveau.

Aux premières lueurs de l'aube, le récital a pris fin. Les bombardements se sont espacés jusqu'à n'être plus qu'un vague scintillement dans le lointain. Le silence s'est imposé de nouveau sur ce qui restait de la ville. Les illuminations demeureraient imprimées sur ma rétine pendant un temps, comme chaque fois, et le vent ne tarderait pas à tourner et à charrier les odeurs pestilentielles vers nous, vers les heureux que la destinée avait maintenus du bon côté.

Je suis allé à la cuisine, j'ai fait tremper un morceau de pain dans de l'eau, avec du sucre. J'ai avalé ma ration matinale rapidement, à la petite cuillère, en essayant de ne pas penser au fait que ce serait probablement l'unique festin de la journée.

Et le nuage est arrivé, épais. Le bouquet final qui nous enveloppait de son manteau de cendres. Ça s'est mis à tomber, comme de la neige, sauf que les flocons étaient gris et tièdes. Qu'ils avaient une odeur d'ammoniaque.

Je suis sorti rapidement sur le balcon, j'ai passé un chiffon sur les vitres, pour les débarrasser du voile qui me gâchait le spectacle.

Les cendres s'accumulaient derrière la baie vitrée et je savais que, d'ici quelques heures, il faudrait que je m'occupe de déblayer le balcon. Que j'écope la neige grise et encore tiède qui s'amassait là, pelletant avec la vieille bêche en acier de mon père. Comme si je me trouvais sur un rafiot qui risquait de sombrer.

La terrasse de l'un des appartements inférieurs s'était écroulée quelques jours auparavant, sous le poids de tout ce qui avait dû s'y entasser. L'immeuble était vidé de ses habitants, plus personne pour l'entretenir. Il ne restait que le couple de petits vieux, au rez-de-chaussée, que je croisais parfois, sans que nous nous saluions. La femme qui habitait là, avec son mari, il fut un temps où je l'appelais « Tantine ». Elle me gardait souvent, lorsque j'étais enfant. Elle m'attendait après l'école, encastrée dans son énorme canapé en cuir noir. Les jambes un peu écartées, un bras sur l'accoudoir, l'autre plié contre son ventre. Je voyais le bourrelet au niveau des pliures, là où les membres s'articulaient. Je voyais sa peau blanche tirant vers le gris pâle. Je voyais son œil qui pétillait, celui qui pleurait aussi. Ses cheveux, presque crépus, d'une couleur indéfinissable. Une pigmentation mystérieuse dont elle partageait le secret avec son coiffeur. Je voyais aussi le duvet au-dessus de ses lèvres, sa moustache qui piquait quand elle m'embrassait. J'entendais sa voix, son accent puissant, elle me disait : « Ça va mon gamin ? » Elle me disait : « Mange, tu es tout maigre. » Elle me disait : « Tu es bien beau, tiens. » Elle me tendait une boîte de bonbons à la menthe que je feignais d'apprécier pour ne pas la vexer. J'étais peut-être le gosse le plus malingre du quartier à l'époque, pas très grand, plus maigre que tous mes camarades, filles et garçons confondus. Un petit gamin aux cheveux bruns et hirsutes, à la peau pâle, qui faisait tout pour ne pas se confronter à la vie, qui fuyait le chahut et les jeux. Un enfant qui courait, après les cours, se réfugier dans les bras à la peau flasque de cette dame, y enfouissant sa tête en ayant l'impression de la plonger dans un dessert un peu gélatineux, un flan qui ne sentait pas la vanille, mais une odeur de savon et de talc. Nous nous étions aimés d'un amour sincère, sans que je m'en rende réellement compte à l'époque. Aujourd'hui, elle me fuyait, tout comme elle devait fuir le monde entier, redoutant le moindre contact humain. Et elle semblait sur le point de disparaître, avec son mari, de partir en poussière comme tout le reste.

Je suis allé jusqu'au buffet du salon et j'ai ouvert une de ses portes. À l'intérieur il y avait le trésor de mon père, quelques bouteilles de whisky qu'il avait gardées précieusement. S'il avait été là, il m'aurait jeté sa pantoufle sur le crâne. Il m'aurait crié dessus, pour la forme, en retenant difficilement son rire. Il m'aurait dit : « Qu'est-ce que tu fais là, gamin ? Je rêve ou t'es encore en train de voler ton vieux père ? »

Il n'avait pas le droit de l'approcher, ce placard. Les bouteilles étaient entreposées là, depuis des années, à prendre la poussière. Depuis qu'on lui avait diagnostiqué un diabète monstrueux et un début de cirrhose. C'en était devenu une blague entre nous, dès qu'il se tenait un peu près du placard, c'est-à-dire très souvent, le meuble étant au centre de la pièce, je l'attrapais par les épaules et hurlais, en surjouant mon émotion : « Non, Papa ! Non ! Tu veux mourir, c'est ça ? tu veux me laisser orphelin ? » Jusqu'à ce qu'il me repousse en râlant et qu'il me demande d'arrêter mes conneries.

Lorsque notre ville avait été coupée en deux, que les premiers bombardements avaient eu lieu, provoquant l'anéantissement du quartier Nord, derrière la frontière, et la mort certaine de tous ceux qui s'y trouvaient, je l'avais retrouvé dans son fauteuil, trois bouteilles vides devant lui et ses dernières ampoules d'insuline brisées à ses pieds. J'avais cru à une blague au début, à un de ses nombreux canulars destinés à me montrer son affection, incapable qu'il était de le faire autrement. Même si je me disais que cette fois-ci, il était peut-être allé un peu loin. Je m'étais approché de lui, m'attendant à ce qu'il ouvre un œil en ricanant et me dise : « Alors, t'as quand même pas cru que t'allais déjà l'enterrer, le vieux ? » Mais il était demeuré silencieux. Il n'avait pas bougé, n'avait pas respiré non plus. Il était resté là, un fantoche dont on aurait coupé les fils, les yeux fermés, un léger sourire flottant sur ses lèvres, comme s'il était content de sa plaisanterie finale, comme si, avant de rendre un dernier souffle, il avait pensé à la tête que je ferais en le trouvant. J'avais caressé son crâne dégarni, lentement, faisant mine de recoiffer les cheveux qu'il avait perdus depuis de nombreuses années. Sa peau était froide, trop blanche, ce n'était plus lui, juste une enveloppe qui me semblait étrangère, faite de viande et de couenne. Je l'avais laissé comme je l'avais trouvé. Je lui avais allumé la télé pendant un moment, me disant que cela le ferait peut-être réagir, le ramènerait à moi. Qu'il ne pourrait pas s'empêcher de commenter les images trop contrastées que renverrait le poste. Mais rien ne s'était passé, il était resté à sa place, la bouche coite, les paupières fermées, le menton légèrement attiré par le sol. J'avais attendu des heures, jusqu'à ce que la nuit tombe et que je me résolve à le descendre, enroulé dans une couverture. J'avais titubé dans les étages avec ce qui restait de lui, calé maladroitement sur mon épaule, le bringuebalant comme je pouvais, le cognant contre les murs. Je l'avais allongé dans la cave, je ne voulais pas l'abandonner dans un trou quelconque où il risquait de se faire exhumer par un chien affamé. Je l'avais embrassé comme je ne l'avais pas fait depuis l'enfance, longuement. J'aurais voulu dire quelques mots, mais rien ne me semblait à propos, chaque mot, chaque éventuelle syllabe me semblait déplacée. J'avais finalement déposé une de ses bouteilles à côté de lui, en hommage à l'une des grandes passions de sa vie. J'avais refermé derrière moi, la cave transformée en mausolée.

Mes proches, mes amis, ma famille. Ceux qui accompagnaient ma vie lui donnaient un semblant de sens. Ils avaient quitté le monde. La plupart avaient péri dans le quartier Nord. Ils avaient rejoint le foyer de l'insurrection avant que tout ne tourne au tragique. Ils voulaient se battre, ils étaient fougueux, pleins d'idéaux. Le danger était un concept auquel ils n'avaient que peu eu affaire durant leur vie et ils étaient partis comme des enfants allant à une kermesse.

Ils voulaient prendre part à la lutte, rallier ce qui était devenu, selon l'autorité étatique, « une zone de non-droit ». Ils voulaient apporter une pierre à l'édifice qu'ils pensaient pouvoir construire. Le monde nouveau auquel ils aspiraient et qui ne pouvait être que meilleur que celui qu'on leur avait imposé depuis la naissance. Leur naïveté m'avait mis en colère. Je n'avais jamais souscrit à ce genre d'illusions béates. Le monde était ce qu'il était, il était illusoire de vouloir le changer. Qui étaient-ils pour pouvoir ne serait-ce qu'imaginer interférer sur le cours des choses ? Et quand bien même ils arriveraient à créer une civilisation nouvelle, combien de temps faudrait-il avant que leur oasis ne se transforme en un bourbier de plus ?

Même lorsque la frontière avait commencé à s'élever du sol, qu'ils avaient encore une chance de s'échapper du piège qui était sur le point de se refermer sur eux, ils étaient restés. Se cachant dans les caves, les sous-sols. Continuant à poser leurs bombes artisanales dans les casernes des différentes milices armées venues reprendre le contrôle. Abattant quelques soldats à coups de vieilles pétoires à la poudre noire et de fusils de chasse.

Ils étaient une cohorte désorganisée, sans leader et sans calendrier. Ce qui les rendait imprévisibles, difficiles à éradiquer. Chacun faisait sa propre révolution dans son coin, ou par petits groupes. Une troupe boiteuse qui, à mesure que ce vague conflit se changeait en guerre déséquilibrée, réalisait qu'elle n'avait plus rien à perdre et qu'aucun retour en arrière n'était possible. Le combat de David contre Goliath n'avait jamais été qu'une fable, comme tout ce que contenait ce genre de livre. Et leur sort était scellé.

Ils en étaient arrivés à ne plus chercher qu'une vengeance sourde et aveugle à la répression qu'ils subissaient, jusqu'à en oublier ce pour quoi ils avaient commencé à se mobiliser, le but premier de cette tentative de prise de contrôle d'une partie de la ville. Ils étaient morts maintenant. Il ne devait pas subsister grand-chose de vivant au-delà de la frontière. Et le virus de l'anéantissement semblait lentement se propager au reste de la ville.

Derrière cette frontière, les bombardements étaient incessants, ils rythmaient mes jours et mes nuits et je savais que les dépouilles de mes amis, de ma famille subissaient inlassablement les assauts venus du ciel, les réduisant lentement, mais sûrement, à rien d'autre qu'une myriade de débris encombrant les airs. Pendant que moi, resté à l'abri, trop lâche ou pas assez stupide pour prendre part, pour suivre le cortège, je me retrouvais aujourd'hui à observer le spectacle, à écouter le massacre incessant. J'étais le dernier, le dernier du clan à se tenir encore debout, à manger, boire, pisser, dormir. À ressasser ce qui lui restait de souvenirs, bons comme mauvais. À se maintenir dans un semblant de vie.

Lorsque j'ai enfin terminé de débarrasser le balcon de ce qui le chargeait, la matinée était bien avancée. Je me suis dirigé de nouveau vers le buffet et j'ai sorti le vieux Remington de son étui en cuir. Mon père le tenait lui-même de son père sans que je sache réellement comment il avait atterri entre ses mains. J'avais posé la question plusieurs fois alors que j'étais enfant et que l'objet interdit me fascinait, obsédé que j'étais à l'idée d'en être à mon tour un jour le propriétaire. Mon père avait toujours eu une explication différente, plus ou moins farfelue selon ses humeurs et son degré d'alcool dans le sang. Tantôt il était question d'un gain de son père lors d'une partie de poker, tantôt d'un cadeau de remerciement d'un ami que l'aïeul avait sauvé de la noyade. Un jour, il avait même été question d'une sombre histoire de braquage qui aurait mal tourné et dont les auteurs auraient demandé au grand-père de cacher un des objets de leur méfait. J'avais fini par me dire que mon père n'avait lui-même pas la moindre idée de l'origine de l'arme à feu. J'ai ôté le chargeur, machinalement, et l'ai inspecté. Toujours le même constat : aucune balle contre laquelle le percuteur pourrait venir cogner.

J'ai glissé l'engin de mort à l'arrière de mon jean, entre mes reins. La crosse métallique appuyée contre mon épine dorsale, je me suis dirigé vers la porte. Dehors, la poussière continuait de tomber. Quelques ombres se traînaient là, des êtres humains qui n'en étaient plus. Des dos voûtés, des corps creusés. Des enfants en haillons dansaient en groupe au bas de l'immeuble, levant la tête par instants, ouvrant grand la bouche, accueillant de leur langue les grumeaux foncés qui tombaient du ciel. J'ai hésité à les rejoindre, à leur dire de ne pas avaler ces saloperies. Mais je me suis ravisé. Je voulais en finir rapidement. Peu importe que des mioches s'intoxiquent en jouant à des jeux anodins. Peu importe qu'ils avalent les restes de leurs congénères qui avaient brûlé durant la nuit. Ils finiraient en cendres eux aussi, à plus ou moins court terme. J'ai protégé mes yeux avec une paire de lunettes de piscine, des Tribord bleu fluo, qui dataient de mon enfance et que j'avais récupérées au fond d'un tiroir quelques jours auparavant. J'ai rabattu la capuche de mon sweat et me suis avancé lentement dans la ville fantôme.

J'ai suivi les lignes de tramway, faisant attention à ne pas me prendre les pieds dans les enchevêtrements d'ordures. Lorsque les rails au sol n'étaient plus visibles, je me repérais grâce aux câbles restants, au-dessus de ma tête. Ceux qui, il y a quelques mois encore, alimentaient les wagons en électricité. Je suis passé devant une rangée de distributeurs de billets, éteints, certains avaient la vitre brisée. Ils ressemblaient à des jouets électroniques dont on aurait ôté les piles ; des robots inexpressifs, à la bouche large, qui attendaient qu'on veuille bien les réalimenter, qu'ils puissent se remettre à cracher leur papier. J'ai continué mon chemin, j'ai aperçu quelques débris dans un coin, des objets de tôle et d'acier, un climatiseur, une télévision démesurée. Au coin d'une rue, une boîte aux lettres qui se maintenait droite et qui attendait, elle aussi, espérant qu'un jour on recommencerait à la nourrir de nos missives. Lorsque j'ai estimé être assez éloigné, j'ai pris une grande inspiration et j'ai commencé la traque. Le safari infernal qui me maintenait en vie.

Je suis resté dans l'ombre, à l'angle d'une rue, inspectant chaque silhouette, attendant celle qui serait la bonne. Deux jeunes sont passés, peut-être un couple. Le garçon se tenait au bras de la fille, il boitait, faisait des pauses tous les deux mètres, râlant contre le souffle qui l'avait abandonné. Il se raclait la gorge et crachait des glaires épaisses dans la poussière. Un peu plus loin, derrière eux, une petite fille est apparue. Elle avait la peau légèrement grise, mais paraissait valide. Elle portait un sac à dos rose sur une de ses épaules, il cahotait de gauche à droite, trop léger pour contenir quoi que ce soit. Elle sautillait, un pied après l'autre, concentrée sur une marelle imaginaire. J'ai oublié ma chasse pendant quelques instants pour mieux l'observer. Il y avait quelque chose d'hypnotisant dans cette apparition étrange, cette gamine qui continuait à jouer, comme inconsciente du paysage mortifère qui l'entourait. Elle aurait pu être belle, cette enfant, elle aurait pu sentir le gâteau et le lait hydratant. J'aurais aimé la connaître, pouvoir m'approcher d'elle et qu'elle me saute au cou. Qu'elle m'aime d'un amour naïf, qu'elle m'embrasse partout sur le visage, laissant des traces sucrées sur ma peau. Que tout cela soit possible, qu'elle soit une enfant capable de faire ce genre de choses et que je sois un adulte qui puisse les recevoir. Sans méfiance.

J'ai avancé de trois pas, sortant du recoin où je me cachais. J'ai fait un signe à la fillette. Elle s'est arrêtée net, en plein élan, alors qu'elle s'apprêtait à réaliser un nouveau saut de cabri. Elle m'a dévisagé un moment, puis s'est sauvée dans les ruelles encombrées.

J'ai pris le temps de faire disparaître les mirages de mon esprit et je me suis remis en marche. J'ai fini par repérer une femme, traînant difficilement un cabas à roulettes au bout d'une avenue. Je me suis dirigé vers elle avec le plus de discrétion possible. L'épaisse couche de cendres qui jonchait le sol étouffait le bruit de mes pas. Alors que j'entamais les cinq derniers mètres nous séparant, elle m'a aperçu. Elle m'a observé avec un mélange d'effroi et de supplication dans le regard. Je me suis approché, feignant de poursuivre mon chemin, regardant droit devant. Elle a levé une main tremblante dans ma direction.

— Laissez-moi tranquille, s'il vous plaît.

Elle avait le front en sang et son pied droit était entouré de chiffons. J'ai pris la parole à mon tour.

— Qu'est-ce qu'il y a dans ce caddie ?

Elle s'est mise à pleurer, son corps secoué par de petits spasmes venus du fond de sa gorge. J'ai enchaîné, rapidement.

— Je ne vais pas te faire de mal. Je veux juste ce qu'il y a dans le caddie.

Elle est restée là, les pieds dans la poudreuse tiède, ses yeux fixant le sol. Elle frémissait, gémissant encore et encore. Lentement, j'ai saisi la crosse du Remington et ai ramené l'arme contre ma hanche, à la vue de ma victime. Elle a lâché la poignée de son cabas, m'a lancé un dernier regard qui aurait brisé le cœur de toute personne ayant encore un peu foi en l'avenir. Elle est partie et j'ai rebroussé chemin à la hâte, pressé de mettre mon pactole à l'abri.

J'ai posé une des conserves sur la table. Des haricots verts. J'ai commencé à les enfourner dans ma bouche, avec un peu de pain, essayant vainement de repousser l'image de la femme à qui je les avais dérobés. Les questions s'entremêlaient dans mon esprit. À qui étaient destinées ces provisions ? À elle seule ? Avait-elle des enfants à nourrir, un compagnon, un parent malade attendant désespérément de la voir rentrer avec quelque pitance pour soulager la morsure de la faim ? J'ai secoué la tête énergiquement, la bouche pleine, le menton humidifié par le jus des haricots, comme si ce geste pouvait expulser la culpabilité. J'ai fini par engouffrer le contenu entier de la boîte et le mâcher nerveusement, le plus rapidement possible. Les gousses vertes, fibreuses, qui se mêlaient à ma salive se sont frayé un chemin jusqu'à mon estomac. J'avais nourri le corps, je lui avais donné ce qu'il réclamait.

Le reste de ce que contenait le cabas, je l'ai rangé dans le placard. À côté des emballages vides que j'entreposais là, artifice grossier destiné à combattre l'angoisse du manque.

L'électricité était revenue, sûrement pour quelques heures. J'en ai profité pour allumer mon ordinateur. J'ai fait défiler les photos. Les visages que j'aimais, tous les fantômes qui passaient les uns après les autres, au rythme de mon clavier, souriant, dansant, s'agrippant entre eux. Des esprits insouciants dont les corps prenaient des poses qui paraissaient invraisemblables aujourd'hui. De jeunes hommes aux épaules carrées, alignés de dos, les pieds plongés dans un bassin d'eau chlorée. D'autres, de face, certains fumant des cigarettes ou faisant des doigts d'honneur à l'objectif. Des filles dont j'avais été amoureux, devant une fenêtre, devant une ampoule, dont la lumière appuyait une silhouette frêle ou plus solide. Certaines riaient, toutes dents dehors, prêtes à croquer dans ce qui passerait devant elle. D'autres avaient la mine plus renfrognée, mal à l'aise à l'idée qu'on fasse d'elles une image immobile. Et puis le soleil, la mer parfois. Des clichés de fin de repas aussi, la table envahie par les taches et les assiettes remplies de restes qui me faisaient saliver.

J'ai recraché la fumée de ma cigarette sur l'écran, baignant les images colorées d'un voile épais. Je m'imaginais chamane, je dirigeais la fumerolle ensorcelée sur les clichés. Lançant des incantations qui pourraient les défiger.

Ma sorcellerie de pacotille ne donnait rien. Alors je suis retourné dans le salon et j'ai lancé la musique funèbre sur la grosse chaîne hi-fi. Les chœurs, les cordes, les cuivres, les tambours battants. J'ai saisi le cadre, sur le buffet, contenant une photo de mon père et moi, prise quelques années auparavant. Le visage du père, ses traits burinés, sa peau bronzée, ridée par le soleil, ses yeux noirs, son crâne aux cheveux clairsemés. Lui souriait à l'objectif avec entrain, tandis que j'affichais un air maussade et me contentais de lever un sourcil dans un air de défi, pour je ne sais quelle raison. J'ai observé mon visage sur l'image, le comparant à celui de mon géniteur, mes traits trop fins, féminins, ma mâchoire pas assez marquée, mes yeux marron clair qui rendaient mon regard un peu fade et mes cheveux, toujours aussi hirsutes, impossibles à dompter qui s'entremêlaient sur le haut de mon crâne. Je me suis demandé qui avait pris cette photo, depuis le temps qu'elle était là, que je la voyais chaque jour. J'ai regretté de ne pas avoir eu l'air plus heureux alors, de ne pas avoir su qu'il fallait profiter, profiter de chaque instant pendant que je le pouvais. Je me suis finalement allongé sur le canapé et j'ai attendu que le jour s'éloigne en écoutant l'orchestre.

J'ai laissé l'esprit vagabonder. J'ai pensé aux rues bruyantes, aux cafés bondés. J'ai pensé à ma famille, à mes amis. Aux virées dans les bois sur des vélos bringuebalants. Aux promenades en forêt avec mon père. À l'odeur des filles lorsqu'elles pouvaient encore se laver. Aux enfants qui pouvaient se permettre de pleurer par caprice. À l'insouciance. J'ai pensé à tout ce qui ne serait plus.

J'allais m'assoupir lorsque j'ai entendu un son sourd et répété. Quelque chose qui ressemblait à des percussions, caverneuses et un peu lointaines. Le Requiem s'était terminé depuis un moment et plus rien ne sortait des enceintes hormis un faible grésillement quasi inaudible. J'ai posé la main sur mon cœur, me demandant si ce n'était pas lui qui s'emballait, une nouvelle fois, qui tapait comme un fou et de manière irrégulière dans ma poitrine. J'ai patienté, tendant l'oreille. Le son provenait de la cage d'escalier de l'immeuble. Des pas, légers et puis plus lourds au fur et à mesure qu'ils semblaient s'approcher, résonnant dans les étages. J'ai saisi le pistolet posé sur la table basse et me suis infligé quelques claques pour évacuer la torpeur.

Un coup sec contre la porte. J'ai attendu. Puis un autre, moins appuyé. Je me suis approché lentement, ayant pris soin d'ôter mes chaussures pour atténuer le bruit de mes pas contre le carrelage. J'ai regardé par l'œilleton. La lumière du couloir était allumée, mais il n'y avait rien. Le hall gris et sombre, éclairé par l'ampoule hésitante. J'ai pointé mon arme vers la poignée et j'ai ouvert la porte, brusquement.

Le corps s'est effondré dans l'entrée, la tête contre les carreaux de ciment. Il était enveloppé de guenilles grises et poussiéreuses. Momifié des pieds à la tête. Ses yeux étaient protégés par un masque de ski dont le verre était couvert de rayures. Il sentait l'urine et le sang. Je l'ai saisi par les épaules, l'ai traîné vers l'escalier de service avec colère. Personne n'avait le droit d'empiéter sur mon refuge, de venir troubler ma retraite. Avant de l'abandonner là, j'ai lancé une question.

— Qui es-tu ? Qu'est-ce que tu viens faire ici ?

Il semblait inconscient. Je suis retourné chez moi. J'ai fermé les verrous à double tour.

J'aurais voulu reprendre mes rêveries, me perdre de nouveau dans les tableaux apaisants du passé, mais l'image de l'homme en haillons, devant ma porte, ne voulait plus me quitter. C'était une ombre qui était venue me chercher, le diable qui avait découvert mon refuge et avait tenté de s'y engouffrer. Ou peut-être s'agissait-il de la Faucheuse. La Mort en personne qui venait enfin me trouver, mettre fin au supplice. Elle qui avait emporté tous les autres avant moi, me laissant observer le déclin de la vie qui m'entourait. Elle venait après s'être fait désirer, elle allait me séduire, me prendre dans ses bras et me donner le baiser de la délivrance.

Je me suis redressé sur le canapé, je tenais toujours l'arme entre mes mains. J'ai frotté le canon machinalement, faisant glisser mes doigts sur le métal, puis je l'ai introduit dans ma bouche. J'ai laissé le goût du fer imprégner ma langue et j'ai appuyé sur la détente. Il y a eu un léger claquement, à peine audible. J'ai balayé la pièce du regard et j'ai aperçu les vieilles pantoufles de mon père, posées devant un fauteuil, le talon était noirci, le tissu troué au niveau des gros orteils. J'ai pensé à la tête qu'il ferait s'il pouvait me voir, son vieux Remington coincé entre les dents.

Lorsque les coups ont retenti de nouveau sur la porte, la nuit était tombée. J'ai regardé ma montre, les aiguilles indiquaient trois heures trente-cinq. Je suis allé devant la baie vitrée. J'ai observé le paysage détruit, derrière la barrière au loin, frontière de pacotille qui découpait la ville, ondulant tel un serpent désorienté se mordant la queue. J'attendrais que l'intrus finisse par se lasser ou par agoniser une bonne fois pour toutes. Pas d'alarme cette nuit, pas de lueur écarlate qui vienne déranger la pénombre. Mes yeux se sont fixés sur une tour dans le lointain, de l'autre côté, au nord de la ville. Un immeuble resté miraculeusement intact au centre du néant. Il se dressait là, droit et fier, inflexible dans le fracas perpétuel.

Et puis l'individu s'est mis à parler. D'une voix faible. Quelque chose d'infime, un peu aigu.

— Ouvre-moi.

Je suis retourné derrière la porte, me demandant si mon esprit ne s'était pas mis à divaguer dangereusement.

— Ouvre-moi, Hugo.

J'ai posé le pistolet au sol. J'ai défait chaque verrou, mes mains tremblaient. Une fois la porte ouverte, j'ai arraché le tissu et le masque de ski recouvrant le visage de la momie. Et je l'ai vu. Paul, mon ami Paul, disparu avec tous les autres et qui me faisait miraculeusement face, qui souriait malgré le filet de sang qui coulait de ses lèvres.

Je l'ai déshabillé, j'ai mis ce qu'il restait de ses vêtements dans un grand sac plastique. Son corps était couvert d'ecchymoses et de plaies béantes. Je l'ai allongé sur le lit et suis allé chercher une bassine. Il ne disait rien, souriant comme un bienheureux. J'ai commencé à passer une éponge sur son corps abîmé, nettoyant chaque parcelle de peau avec application. L'eau du récipient est devenue trouble, je l'ai changée, y ai ajouté un peu de savon. J'ai continué comme ça, longuement. Avec les sanglots qui me prenaient à la gorge.

— Pourquoi tu souris comme ça, Paul ?

Il gardait ses grands yeux noirs fixés sur le plafond, sans réagir. Comme s'il lui fallait du temps pour comprendre la question que je venais de formuler. Lui qui était d'ordinaire si réactif. Je me suis demandé si c'était bien mon ami qui habitait ce semblant de corps. Il a fini par me répondre. D'une voix qui n'était pas la sienne.

— Heureux de te retrouver, c'est tout. Je ne croyais pas que tu serais encore là.

— Tu as vu dans quel état tu es, il n'y a pas de quoi se réjouir.

— Même si c'est ma dernière nuit, au moins je ne crèverai pas tout seul dans la poussière.

J'ai laissé tomber l'éponge noircie sur le sol et me suis installé à côté de lui, sur le matelas. J'ai parlé, doucement :

— Je pensais que vous étiez tous morts. Ça fait des jours que je vois la ville se faire pilonner au nord sans relâche.

— Pas tous, non. Quand les bombardements ont commencé à se faire trop insistants, Pierre a dit qu'il fallait se mettre à l'abri, dans le métro. On ne savait pas trop quoi faire, alors on l'a suivi. Julie, Pauline, Frédo et puis moi. Frédo, il n'est pas arrivé au bout, il s'est pris une balle sur le chemin. On a dû l'abandonner, il beuglait comme un veau. Il nous suppliait de venir le chercher. Après, on est restés sous la terre. Pendant des jours. Tu n'imagines pas ce que c'était. Tout ce temps dans le noir. À bouffer de la merde et des rats. À attendre que le plafond voûté nous tombe sur un coin de la gueule. J'ai fini par partir. Les autres, ils voulaient rester cachés. Ils disaient que c'était de la folie de sortir maintenant. Qu'il fallait attendre encore. Que les snipers me flingueraient dès que j'aurais mis le nez dehors. Et que si ce n'était pas eux, ce serait les drones ou bien un des nôtres, qui me tabasserait pour me dépouiller. Ou pire, pour me bouffer. Mais je n'en pouvais plus, je n'en pouvais plus de la pénombre et de l'attente. Alors j'ai filé dans la nuit.

Mon cœur s'est mis à valdinguer dans ma poitrine, l'étau qui ne m'avait pas enserré la gorge depuis longtemps s'est rappelé à moi. J'ai posé mes deux paumes contre le matelas, tentant de faire disparaître le vertige qui faisait tanguer la pièce entière. J'ai finalement réussi à avaler un peu de salive et j'ai balbutié :

— Pauline, elle est vivante ?

Il n'a pas répondu tout de suite. Il a cessé de sourire. Il a tourné la tête vers moi, doucement.

— Je ne sais pas. Quand je suis parti elle l'était. Mais elle avait du mal à tenir. Elle n'avait pas beaucoup de réserves entre la peau et les os, si tu vois ce que je veux dire. Avant que tout ce bordel commence, déjà, elle mangeait une pomme par jour. Alors forcément, elle avait du mal. Ça faisait deux jours qu'elle dormait lorsque j'ai décidé de partir. C'est Pierre et Julie qui s'occupaient d'elle. Moi je ne pouvais plus. C'était trop dur de la voir comme ça. Je suis désolé. J'espère que tu ne me détestes pas de te dire ça. Mais je ne pouvais plus.

Je l'ai pris dans mes bras, lui ai caressé le front comme une mère le ferait pour son fils fiévreux. On a pleuré un peu, ensemble. Et il a fini par s'endormir.

Pauline

Julie et Pierre étaient lovés contre moi, m'entourant de leurs bras. Une fratrie au cœur de l'hiver sans fin, se consolant comme elle le pouvait, cherchant la chaleur à sa source. Pierre soufflait dans mon cou, il faisait frémir mes cheveux et ça me chatouillait la peau. Julie, elle, portait ses yeux clos vers la voûte qui nous surplombait, lançant des volutes de vapeur froide dans la pénombre, depuis ses lèvres gercées. J'ai eu envie de les embrasser l'un après l'autre, à pleine bouche. Juste pour les remercier d'être là, de m'offrir la tiédeur de leurs corps.

Je me suis dégagée de leur étreinte en faisant attention à ne pas les réveiller. Je me suis redressée doucement, malgré les vertiges incessants qui me paralysaient. J'ai fait quelques pas vers le quai du métro et, m'accrochant au rebord, je me suis laissée tomber vers les rails. J'ai glissé un peu lorsque mes pieds ont atteint les gravats. Après, j'ai suivi le tunnel. Je ne voyais pas grand-chose. Malgré les semaines passées dans la pénombre, mes yeux ne s'y habituaient pas. Il n'y avait quasiment aucun bruit, juste la résonance de mes pas et les quelques couinements singuliers des rats auxquels je ne faisais même plus attention. Le sol est devenu humide, les murs plus poisseux encore. J'ai pris une grande inspiration et j'ai commencé à traverser la zone rouge, mes pieds glissant par endroits sur des monticules visqueux. J'ai senti la bile qui me remontait dans la trachée, tandis que les effluves d'urine et d'excréments assaillaient ma gorge. Les bêtes trottinaient autour de moi, je pouvais les entendre, elles se réunissaient en groupe dans leur paradis marécageux. J'ai accéléré autant que possible, en essayant de ne pas trébucher. Éviter à tout prix la chute dans cet endroit de malheur. J'ai fini par apercevoir la faible lumière jaune qui vacillait à quelques mètres devant moi. Signe que je n'étais plus très loin. J'ai redoublé d'efforts et j'ai réussi à avaler la distance qui me séparait d'elle.

Véronique était là. Elle dormait. Emmitouflée dans des couvertures grises. Elle n'avait pas éteint sa bougie et la flamme penchait dangereusement vers le lit de fortune. J'ai déplacé la coupelle contenant la veilleuse et me suis assise près de mon amie. Le sommeil était précieux ici-bas, mais j'avais fourni un tel effort pour la rejoindre qu'il m'était impossible d'en rester là. Je lui ai caressé la joue.

— Véronique ! Réveille-toi. C'est moi.

Elle a grogné. Les rides qui striaient son visage se sont mises en mouvement. Elle a ouvert les yeux, elle semblait un peu effrayée. Ses cheveux, longs, gris, collés les uns aux autres en une masse étrange, ressemblaient à un chignon improvisé qui se dressait sur le haut de son crâne, ajoutant à son air halluciné.

— C'est moi, Véronique, c'est Pauline.

— Excuse-moi, je ne t'avais pas reconnue.

— Je ne voulais pas te faire peur.

Elle a pris le temps de se frotter le visage, laissant aller ses grandes mains veineuses de son menton à ses paupières. J'ai attendu qu'elle revienne un peu à elle. Elle a fini par reprendre la parole, la voix éraillée par le sommeil.

— Qu'est-ce qui se passe ma belle ?

— Je n'arrivais pas à dormir. Je me suis mise à réfléchir à quelque chose et plus j'y pensais plus ça m'obsédait. C'était en train de me rendre folle. Ça me fait peur, tu sais, de devenir cinglée. Peut-être que je le suis déjà d'ailleurs, peut-être qu'on est tous devenus fous à force de se terrer dans les sous-sols. On ne pourrait pas s'en rendre compte, si on avait tous perdus la tête en même temps.

— Crois-moi, personne n'est devenu fou. C'était quoi cette chose à laquelle tu pensais ?

— Je me demandais si c'était réellement la nuit.

— Comment ça ?

— Eh bien, on est tous là à dormir. Mais dans le fond, on ne peut pas vraiment savoir si c'est la nuit là-haut, ou s'il fait grand jour. Je veux dire, on a bien la montre de Julie avec nous, mais peut-être qu'elle s'est déréglée, depuis le temps. Ça arrive souvent après tout. Comment on le saurait ? Si ça se trouve, il est midi ou quatorze heures. Et on est tous là à dormir comme des demeurés.

— Tu es en train de m'expliquer que tu viens me réveiller parce que tu te demandes si c'est bien l'heure de dormir ?

— Oui, j'imagine. Dis comme ça, ça peut paraître un peu bête.

— Alors écoute-moi. Qu'il soit midi ou seize heures ou n'importe quelle heure, on s'en fout. Là-haut c'est l'enfer et ça n'est pas prêt de s'arrêter. Alors on peut bien dormir n'importe quand, ça ne change pas grand-chose, tant qu'on est vivants. Maintenant tu devrais aller te recoucher.

Elle m'a tourné le dos en marmonnant quelque chose d'inintelligible et a rabattu une couverture sur sa tête. Je me suis redressée et j'ai effectué le chemin inverse, un peu triste qu'elle ne m'ait pas accordé plus de son temps, un peu vexée par sa réaction aussi.

J'ai retrouvé Pierre et Julie. Leurs deux corps enlacés sur un tapis de sol rongé par l'humidité. En m'approchant, j'ai réalisé qu'ils ne dormaient pas. Ils se caressaient l'un l'autre, profitant d'une intimité qui se faisait rare. Leurs deux enveloppes blanches se détachaient dans l'obscurité ambiante, dessinant des courbes étranges qui ondulaient avec prudence. Je suis restée à l'écart. Je les ai observés, un peu jalouse de leur fuite. J'ai pensé à mon Frédo. À ce qui aurait été possible s'il était arrivé jusque-là. Lui et moi, sur un autre tapis, dans un autre coin. À se rassurer, à se raccrocher à nos corps. Mon Frédo et sa morphologie singulière, toute dégingandée, qu'il n'avait jamais réussi à apprivoiser. Mon Frédo qui n'était doué qu'avec son cerveau et qui voulait pourtant participer à toutes les actions possibles. Qui cherchait à m'impressionner, en permanence, à me montrer que lui aussi était capable de prendre part aux opérations les plus dangereuses. Mon Frédo qui n'avait pas su courir comme nous autres et qu'on avait laissé derrière nous, avec l'excuse de le laisser fermer la marche. J'ai revu sa dépouille dans la poussière. Le sang et la fureur. Mon homme qui hurlait, qui était étendu sur un amas de briques noires. Désarticulé comme un pantin dont personne ne voudrait jamais plus. Et la main de Paul qui me broyait le bras, m'empêchant de rebrousser chemin. De ma poche, j'ai sorti le bracelet que Frédo m'avait offert. Celui qui était censé me porter chance. Je l'ai trituré un peu, le métal terni et la pierre bleue sur le fermoir. Mes poignets étaient devenus trop fins, je ne le portais plus. Terrorisée à l'idée de le perdre sans même avoir le temps de m'en apercevoir, comme je l'avais perdu lui.

J'ai attendu, jusqu'à ce que leurs respirations se calment, que les mouvements s'estompent. Je me suis allongée à côté d'eux. Ils étaient essoufflés, observaient le néant au-dessus de leur tête, l'esprit allégé pour un temps. Une odeur de musc et de sel a envahi mes narines alors que je me collais contre Julie. J'ai eu envie d'en emplir mes poumons, c'était une odeur vivante, une odeur qui disait merde à la mort. Elle s'est retournée vers moi, son corps nu était devenu moite malgré la température. Elle m'a souri, a embrassé mes lèvres, tendrement. Elle m'a tendu les bras et je m'y suis engouffrée, me laissant aller au chagrin et aux larmes qui me nouaient la gorge. Pierre s'est levé, il nous a observées un temps, nous dominant de son corps amaigri. Puis il est venu s'allonger contre mon dos, me prenant dans ses bras à son tour, posant son menton contre mon cou. J'ai fermé les yeux, j'ai embrassé la peau salée de Julie, ses bras, sa poitrine, son front et je me suis laissée aller, comblée par la chaleur qui m'était offerte.

La vérité, c'est qu'on s'était laissé prendre au piège. Terrés dans les sous-sols qui avaient été rebouchés à notre suite. On s'était crus sauvés, finalement à l'abri. On était perdus. Il y avait des virus dans l'air, j'en étais certaine. Et ils finiraient par nous terrasser, les uns après les autres. De petits êtres invisibles, tout aussi invisibles que les snipers qui nous tiraient dessus depuis les toits. Ils nous décimeraient lentement, nous feraient pourrir sur place. On inspirait toute la journée cet air gras qui nous provoquait des nausées, qui nous empoisonnait. J'en arrivais à envier mon Frédo. Il n'avait pas eu à subir la lente dégradation du corps, il était parti rapidement. Une balle, quelques cris et l'apaisement final. Souvent, je me disais que j'aurais dû rester avec lui, que j'aurais dû m'allonger contre son corps et attendre qu'un franc-tireur fasse son travail.

Je me suis redressée, sans faire de bruit. J'ai bu un peu d'eau, prenant garde à ne pas gaspiller. Il n'avait pas dû pleuvoir depuis plusieurs jours et il était de plus en plus difficile pour Julie de trouver des flaques limpides dans les tunnels. J'ai laissé le liquide mariner longuement dans ma bouche, pour tromper le corps, lui donner à croire qu'il était hydraté. Il aurait fallu que je mange aussi. Mais je n'avais plus d'appétit. Pierre avait beau m'apporter inlassablement sa tambouille, je n'arrivais plus à ingérer quoi que ce soit sans que cela ne me provoque des vomissements. J'ai regardé le bout de tissu sur lequel il m'avait déposé quelques morceaux de viande brûlés. Je les ai reniflés un peu. J'aurais échangé dix ans de cette nourriture au goût amer contre une unique pomme.

Pierre et Julie, tout en dormant, avaient profité de la place que j'avais laissée vacante pour se rapprocher l'un de l'autre, deux aimants qui se réunissaient sans s'en rendre compte, sans rien pouvoir y faire, uniquement parce que c'était dans l'ordre des choses. Ils s'aimaient tellement que ça m'en faisait mal au ventre. Ils avaient beau m'offrir un peu de leur passion, un peu de leurs fluides corporels, ça ne comblait pas le vide. Je savais qu'ils le faisaient par charité. Qu'ils s'en sortiraient mieux si je n'étais pas en permanence à quémander leur attention. Depuis que Paul avait disparu, ça devait être encore plus difficile de me supporter. Je devenais un poids, pour eux, pour Véronique aussi qui semblait ne plus vouloir prêter l'oreille à mes états d'âme.

Paul, c'était différent. Il n'avait personne, il n'avait jamais eu personne. Même avant que tout ce chaos ne commence, que nous rejoignions bêtement ce qui était censé être le laboratoire d'une société nouvelle, nous ne l'avions jamais vu avec une fille, ni un garçon. Toujours seul, toujours plongé dans ses bouquins ou à courir le marathon sans même sembler se poser la question d'une éventuelle vie amoureuse. Je me disais qu'il devait être content de dormir avec moi, de remplacer un peu Frédo quand il me manquait tellement que j'avais envie de me fracasser la tête contre le sol. On faisait l'amour parfois, quand on n'avait plus rien d'autre à faire, on oubliait la crasse, on oubliait les irritations et on se laissait partir. Mais il avait disparu lui aussi, et il me manquait. Pas autant que Frédo bien sûr, mais il me manquait.

Je me suis étendue un peu à l'écart, à même le sol. Laissant Pierre et Julie profiter de leurs corps.

Je me suis réveillée en sursaut, avec l'image de Frédo dans la tête. Pierre n'était plus là, sûrement parti errer dans les tunnels à la recherche de quelque chose de comestible. Julie, elle, dormait encore, en chien de fusil, ses deux poings qui ressortaient de la couverture, remontés contre son menton, sa bouche fine qui laissait échapper un léger filet de bave contre la couche. Je me suis assise, j'ai attendu que la quinte de toux qui me terrassait à chaque réveil s'impose à moi. J'ai fini par me redresser, lentement, prenant garde aux vertiges. Je suis restée un instant à observer Julie, elle semblait paisible malgré les quelques frissons qui l'agitaient par vagues. Elle était belle, ses longs cheveux blonds emmêlés le long de ses épaules, son petit nez retroussé qui semblait vouloir s'échapper vers le plafond, sa peau qui restait blanche malgré la crasse. Je me suis baissée vers elle, sans un bruit, j'ai embrassé sa joue.

— Adieu, amour, et merci.

Je me suis dirigée vers un des escaliers qui menait à l'extérieur. Ils étaient complètement obstrués. Des éboulis et des planches, des grillages, du sol au plafond. Tout ça recouvert d'une épaisse poussière blanche. J'étais persuadée que Paul avait trouvé une brèche, qu'il avait réussi à sortir. Volatilisé dans la nuit. J'ai inspecté chaque pierre, j'ai laissé vagabonder ma main pour voir si un courant d'air arrivait à se frayer un chemin quelque part. Je n'ai rien senti, pas un souffle venant du dehors. J'ai repris les tunnels. J'ai marché, faisant des pauses lorsque je titubais un peu trop. Je suis arrivée à la station suivante. Puis à celle d'après. Pour faire, à chaque fois, le même constat, pas d'échappatoire possible.

J'ai croisé un groupe d'individus, agglutinés autour d'un petit tas de braises incandescentes. Ils ne parlaient pas, restaient assis en cercle, recroquevillés sur eux-mêmes. Je ne pouvais pas dire s'il s'agissait d'hommes, de femmes. Leurs corps étaient entourés de couvertures et de vêtements épais. Je les ai observés, silencieuse, essayant de rester cachée dans la pénombre. Je ne voulais pas prendre de risque, Julie s'était fait pourchasser par un groupe d'hommes quelques jours auparavant. Elle n'en avait pas trouvé le sommeil pendant plusieurs nuits. Il y avait une règle tacite qui poussait chacun à rester dans son périmètre, en meute, sans empiéter sur le territoire des autres. Je les ai dépassés, prenant soin de rester le plus loin possible, posant doucement mes pieds sur le sol afin de ne pas faire rouler de pierre ni crisser le gravier.

L'espoir s'amenuisait à mesure de mon avancée. Je savais que je n'aurais plus la force nécessaire pour faire le chemin inverse. Je risquais de terminer dans un de ces tunnels, seule, le corps abattu. À penser à Pierre et Julie, à les imaginer m'attendre, l'inquiétude leur retournant les intestins. Je me comportais comme un enfant inconscient qui veut percer le mystère d'une grotte. Qui imagine qu'il foule une terre vierge qu'il se doit de conquérir.

Je me suis assise sur les rails. Les mots de Véronique me sont revenus. Dehors, c'était l'enfer, pas de doute. L'essentiel, c'était de rester en vie. Pierre tenait le même discours, me le rabâchait sans cesse. « Il faut survivre, il faut tenir, il est là le combat ! » Ça en devenait ridicule. Nous n'avions plus rien à attendre, aucune raison de nous accrocher à un tel cauchemar. Mes proches, mes amis, ma famille, je ne les reverrais pas, j'en avais la certitude. Même dans l'hypothèse où certains s'en seraient sortis, à l'abri du bon côté de la ville, aucun d'eux ne prendrait le risque de venir me retrouver ici. Je ne pouvais pas leur en vouloir. Personne ne plonge vers la mort sans une bonne raison. Et je n'étais en aucun cas une bonne raison.

Paul, il n'avait écouté personne, comme toujours, il avait filé, le courage harnaché au corps. Il s'était fusionné à la nuit. On n'y avait pas cru sur le moment. Pierre s'était mis en colère, il disait qu'il n'avait pas pu nous laisser, qu'il avait dû tomber quelque part, qu'il devait être coincé dans un recoin sombre.

Il l'avait cherché partout. Il avait même volé une des bougies de Véronique pendant qu'elle dormait, afin de pouvoir s'éclairer dans les couloirs, s'usant les yeux dans l'espoir de tomber sur l'ombre d'un corps. Il n'avait rien trouvé.

Lorsque je suis arrivée devant l'échelle, j'ai hésité, elle ne tenait plus au mur que par quelques rivets rouillés. Certains de ses barreaux manquaient et la plupart de ses accroches étaient parties. J'avais peur de la chute, du corps qui se brise. Et puis j'ai vu qu'il y avait quelque chose de suspendu au métal, sur les premiers échelons. C'était un gant, celui de Paul. Il l'avait laissé là avant de monter. Il avait fait ça pour moi, pour que j'aie le courage de me lancer. Alors j'ai commencé l'ascension, lentement, surveillant que les fixations supportent mon poids. En montant, j'ai aperçu la lumière, premier rayonnement qui s'imprimait à ma rétine depuis des mois. La douleur dans l'œil, les larmes sans la tristesse. J'aurais voulu que mes amis soient avec moi, qu'ils se sortent de ce trou répugnant dans lequel nous moisissions lentement, qu'ils voient la clarté comme je la voyais et qu'ils ne puissent rien y faire, qu'ils soient obligés de la suivre, comme des insectes attirés par un néon dans la nuit. Quitte à en mourir. À en mourir en étant vivants, sans se cacher, une dernière fois. J'ai continué, j'ai poussé le sas et j'ai failli m'évanouir sous l'éclat infernal du ciel qui était toujours là.

Hugo

Lorsque je me suis réveillé, Paul était mort. Son enveloppe raide et froide à mes côtés. Il souriait toujours. Heureux d'avoir retrouvé son ami, de partir dans la chaleur, abandonnant la vie aux rythmes de la respiration de quelqu'un qui l'aimait. J'ai appuyé sur ses paupières, tentant de les refermer. *Dors, mon ami, dors puisqu'il est l'heure.* Elles résistaient, remontant chaque fois que mes doigts se détachaient d'elles, découvrant ses pupilles rétractées. J'ai recouvert son corps décharné avec la couverture. Jusque sous le menton. J'ai posé un baiser sur son front et suis sorti en fermant la porte.

Dans le salon, je me suis mis à hurler. À lancer des insultes contre rien. Contre un dieu qui n'avait jamais existé. Contre la connerie humaine, contre la fatalité. Contre un pouvoir en place que je n'arrivais même plus à haïr. J'ai arraché la télé du mur. Elle qui ne diffusait plus aucun programme. Plus que de la neige grise, semblable à celle qui tombait du ciel. Je l'ai jetée contre le sol. J'ai observé mon ouvrage, l'écran de mon père explosé contre le carrelage. Je l'ai vu, mon géniteur, avec ses chaussons, en caleçon, les jambes calées contre la table basse. Commentant des programmes sans intérêt. Me prenant à témoin. Attendant que je lui donne mon avis sur la prise de poids de la présentatrice météo. Sur les implants capillaires du présentateur du journal. Je me suis laissé tomber contre les morceaux de verre brisé. J'ai vu mon sang couler depuis mes avant-bras et souiller le sol impeccable. Et j'ai espéré qu'il s'agissait d'une artère, que ce n'était plus qu'une question de temps avant que je puisse enfin goûter au repos.

Je suis resté, la tête contre le sol, suppliant la providence de m'envoyer le bombardement final. J'ai pensé à mes amis cachés dans les sous-sols du métro. J'ai pensé au messager qui m'avait retrouvé pour mourir. Pour me dire qu'il restait des vivants, que Pauline se laissait dépérir dans la pénombre. Les sirènes se sont mises en branle. Le sort m'entendait. Bientôt, les obus crèveraient le firmament, et avec un peu de chance, comme cela arrivait souvent, un des projectiles raterait sa cible, s'égarant de notre côté de la frontière. Il désintégrerait le rien qui restait de ma vie.

Je me suis levé et j'ai remis la musique en route sur la chaîne. Je suis allé dans la buanderie, y ai pris un gros sac à dos. À l'intérieur, j'ai enfoui toutes les provisions qu'il me restait, un sac de couchage, quelques vêtements. Je suis retourné dans la chambre et j'ai embrassé mon ami pour la dernière fois.

Au-dehors, quelques silhouettes couraient en tous sens, terrorisées par le signal sonore. Les gamins étaient toujours là, figés, attendant que de nouveaux flocons au goût amer tombent jusqu'à leur bouche. Je suis passé devant eux.

— Allez vous mettre à l'abri. Et cessez d'avaler cette merde qui tombe du ciel ou vous ne passerez pas le mois.

Ils m'ont regardé avec des yeux écarquillés. Le fait que je m'adresse à eux semblait insensé. J'étais un adulte, j'étais une des causes du marasme profond et de la faim qui leur tordait les boyaux. Le plus chétif s'est approché de moi. Il avait un œil crevé et une partie de sa mâchoire ressortait de ce qui restait de son visage. Il a extirpé une lame de la poche de son blouson.

— Toi, on va te bouffer !

Il a couru vers moi, éructant des mots que je ne comprenais pas. Le reste du groupe lui a emboîté le pas. Ils étaient une dizaine à me pourchasser. Ils compensaient leurs jambes courtes par un souffle juvénile qui me faisait défaut. J'ai maudit les cigarettes que je fumais à la chaîne. Lorsque ma respiration a commencé à s'enrayer pour de bon, le sac pesant sur mon dos amaigri, j'ai fait volte-face, leur agitant le Remington sous le nez.

— Le premier qui approche, je lui envoie une balle dans le front !

Le gamin qui menait la battue a stoppé sa course net. Il a mis ses bras en croix, faisant signe à ses compagnons d'abandonner. J'ai rangé le pistolet et j'ai continué ma course à petites foulées, jetant quelques coups d'œil au-dessus de mon épaule afin de m'assurer que les monstres en resteraient là.

Les déflagrations ont commencé. Le sol tremblait et je continuais mon avancée dans les ruelles désertes. Le ciel éclatait par à-coups, les murs s'illuminant de couleurs flamboyantes, prodige de la haine. J'ai poursuivi, le vacarme comme boussole. Je me dirigeais vers le déluge de fer. Vers ce que j'avais fui durant de longs mois.

Pour passer de l'autre côté de la ville, je savais qu'il me faudrait franchir le barrage. Je n'avais aucune idée de la façon dont j'allais procéder. Plus j'avançais vers la frontière de fortune, plus le paysage se faisait horizontal. Tout ce qui, jadis, pointait bravement vers le ciel, encombrait aujourd'hui le sol. Des parpaings, du métal, du verre brisé. Aucun corps, mais des objets, partout, mélangés au désordre. Et une odeur âcre qui me prenait à la gorge.

Je me suis abrité sous un pan de mur resté miraculeusement debout. J'ai sorti ma gourde et j'ai bu quelques gorgées, me suis aspergé un peu le visage. J'ai hésité un instant à faire demi-tour, à retourner m'enfermer dans mon abri, derrière la porte blindée, à observer tout ça de loin. J'ai pensé à mes réserves d'eau, au lit dans lequel je pouvais me recouvrir de quatre couvertures en laine, à mes photographies, ma musique. Ce que je laissais derrière moi. Une explosion a retenti, plus puissante que toutes celles dont j'avais été le témoin lointain jusqu'à aujourd'hui. J'ai senti le sol qui grondait sous ma chair, mes intestins se sont contractés. J'ai eu un haut-le-cœur et j'ai vomi un peu de bile entre mes jambes.

La peur était là, me condamnant à l'immobilité. J'ai patienté, laissant les heures filer, observant chaque éclat dans le ciel et le grondement qui venait à sa suite, comme un orage qui ne nous laissait pas le temps de compter avant qu'il ne tonne. Lentement, le soleil a faibli. Il a déposé des ombres sur le décor infernal. L'apaisement ne venait pas.

Un chien est passé dans les décombres avant que la pénombre ne soit totale. Il lui manquait une patte, il avançait en claudiquant, le museau dans la poudreuse. Il s'est arrêté un instant, a tendu sa gueule vers moi. J'ai lancé de petits sifflements, claquant des doigts, espérant qu'il s'approcherait.

— Viens, mon beau, qu'on se tienne un peu compagnie. Viens me redonner un peu de force.

Il a aboyé. Un jappement étrange qui s'est mêlé à la clameur de l'enfer. Il a filé dans la lumière rasante. J'ai fouillé mon sac, j'en ai sorti un duvet et un vieux tee-shirt appartenant à mon père. J'ai enroulé le tee-shirt autour de ma tête, il sentait encore la lessive et l'eau de Cologne. Je me suis recouvert du sac de couchage. Roulé en boule, le nez dans les odeurs réconfortantes, j'ai essayé d'oublier le vrombissement du sol et la terreur qui me tenaillait le bas-ventre.

Pauline

J'étais dehors, enfin. Entourée de clarté, les deux pieds posés devant le sas qui m'avait permis de sortir de notre prison. J'ai joui de chaque rayon de lumière qui transperçait le ciel gris. Les yeux clos, visage offert, j'ai attendu qu'un morceau de métal vienne transpercer l'air épais, sûr de sa destination, et qu'il m'emmène rejoindre Frédo au royaume du rien. J'ai levé les bras, les paumes ouvertes devant moi, je les ai observées un instant avant de les poser sur mon visage. Puis j'ai hurlé :

— Tirez, bande de chiens ! Tirez ! Qu'est-ce que vous attendez ?

Ça s'est mis à siffler autour de moi. Le son aigu des balles déchirant le calme, suivi de celui de l'impact sourd, atténué par la couche de cendres. Je les ai senties me frôler le visage, c'était comme des caresses. Je me suis redressée, les pieds aussi ancrés que possible dans le sol mouvant. J'ai levé la tête vers le ciel, offrant ce qui restait de moi aux chasseurs invisibles. La douleur a surgi. Le plomb s'est introduit dans la chair et je suis tombée, la tête en avant, sous le poids de l'étonnement. Avant de perdre connaissance, j'ai aperçu la pierre affûtée que ma tête s'apprêtait à percuter.

Dans la nébuleuse, les mirages sont apparus. Celui de ma mère se faisait plus insistant que les autres. Je l'avais perdue il y a si longtemps. Bien avant que toute cette infamie ne commence. À peine l'âge de réaliser qu'elle était partie dans un endroit d'où on ne revenait plus. Elle s'était endormie un soir, alors que je venais d'entrer dans ma huitième année, et ne s'était jamais réveillée. Une bête artère, dans son cerveau, avait décidé de se boucher et de me l'enlever à jamais. Je m'étais persuadée que son image s'effacerait avec le temps ; c'est ce qui me terrorisait le plus, d'imaginer que même le souvenir puisse disparaître et qu'alors il ne resterait finalement plus rien d'elle, plus rien qui prouve qu'elle avait été là, vivante, aimante. Qu'elle avait foulé le monde de sa démarche assurée, de son pas sec, énergique. Qu'elle avait été ma mère. Les images étaient restées pourtant, plus ou moins nettes dans mon esprit selon les jours, rien ne s'était totalement dissous et elle me revenait, une fois encore, plus présente, plus réelle que d'ordinaire, m'accueillant avec amour.

Elle était là, elle me parlait de son pays, comme autrefois. Ça me faisait du bien. Sa voix grave qui laissait traîner les mots, l'accent qui roulait comme des vagues sur les syllabes rocailleuses. Elle m'a pris la main, assise dans la cuisine, le regard perdu par-delà les carreaux tachetés de gris. Je sentais la peau épaisse et dure, pleine d'aspérités, qui faisait penser à une sorte de plastique tendre qu'on aurait frotté sur des graviers. Elle parlait des grandes avenues, et des couleurs. Elle aimait ça, les couleurs, elle en mettait partout dans ses phrases. Les panneaux indiquant les rues étaient bleus. Les bus, les trams étaient rouges et jaunes. Les bâtiments gris, ou bien blanc passé, sales. Les pavés étaient beiges ou noir charbon, ça dépendait des jours.

Et puis elle s'est mise à chanter, de cette langue qui tournoie dans la bouche. Je ne comprenais pas tout, je saisissais des bribes, des choses que j'interceptais au vol et qui disaient « amour, tu me manques » ou « les fleurs ont fané, mais le printemps reviendra ». Des choses comme ça. Des ritournelles pour les enfants qu'elle avait amenées avec elle. Elle a entouré ma taille de ses bras robustes, amenant ses deux seins imposants au niveau de mon visage, comme une invitation. J'y ai enfoui mon menton. Sa peau avait une odeur de savon et d'oignons frits. Je sentais ses ongles qui me grattaient doucement le bas des reins, puis les omoplates avant qu'ils ne remontent jusque sur le haut de mon crâne. Elle continuait de fredonner des choses insensées, doucement, dans le creux de mon oreille. C'était bon de la retrouver. Sa voix, ses petites chansons murmurées pour elle-même, ses mains épaisses qui enveloppaient mon corps. Et puis les fenêtres de la cuisine. Les syllabes qui dansent et qui font frémir les tympans.

DEUXIÈME PARTIE

VACARME

Pauline

Je me suis réveillée sur un matelas, au centre d'une pièce large et lumineuse. Un drap blanc posé sur mon corps et la chaleur enivrante d'un poêle qui emplissait l'air d'une odeur de pin brûlé. J'ai passé la main au bas de mes reins, là où la balle s'était logée. J'ai senti qu'un pansement rugueux entourait ma taille.

Il y avait une carafe d'eau, accompagnée d'un verre, posés sur une chaise à côté du lit. Le liquide était clair, j'en ai versé un peu dans le récipient et l'ai porté à ma bouche. C'était frais, ça avait un goût de rien. J'ai trouvé ça presque fade en comparaison de tous les breuvages amers que j'avais ingurgités ces dernières semaines. J'en ai recraché un peu sur la literie.

Il y avait une porte entrouverte sur le mur qui me faisait face. J'ai posé mes pieds au sol et, m'aidant de la chaise comme d'une béquille, j'ai entrepris d'aller voir ce qui se trouvait derrière. Le parquet était chaud sous mes pieds. Quelqu'un m'avait délestée de mes habits et je ne portais plus que mes sous-vêtements. Mon corps à la merci de la lumière. Ma peau était grise, elle virait sur le bleu par endroits, notamment autour du pansement qui me ceinturait la taille. J'ai franchi les quelques mètres, la douleur me faisait chanceler, m'enfonçant une lame glacée dans le dos à chaque tentative de pas. Je me suis accrochée à la poignée.

Une silhouette trouble se dessinait dans la lumière. Je me suis approchée, les deux mains en appui sur la béquille de fortune. Mes yeux ne semblaient plus très vifs, je me suis demandé si le séjour prolongé dans le noir ne les avait pas endommagés. C'était un homme, assis sur une chaise, au fond de la pièce blanche. J'ai lancé un regard furtif autour de moi pour voir s'il y avait une quelconque issue ou, à défaut, un objet qui pourrait me servir de massue. Je n'ai rien aperçu, hormis des formes troubles, des points de lumière qui me brûlaient la rétine. Je suis restée face à lui, espérant que mes yeux finissent par retrouver leur faculté. Il ne disait rien, se contentait de fumer une cigarette, semblait la faire rouler entre ses doigts par moments, d'un geste machinal. Son visage a fini par devenir un peu plus net. Il devait avoir une soixantaine d'années. Les cheveux blancs et clairsemés, un nez imposant, un peu rougeaud. Il portait une veste de costume complètement froissée et un pantalon à pinces d'une couleur indéfinissable, quelque chose entre le beige et le gris. Je pouvais voir un sourire se dessiner dans sa courte barbe. Il m'a aussi semblé qu'il me faisait un clin d'œil alors que mes pupilles tentaient tant bien que mal de se contracter. Il s'est finalement adressé à moi.

— Vous vous sentez mieux ? Vous avez faim peut-être ?

Un ricanement étrange s'est échappé de sa gorge.

— Vous êtes qui ? Je voudrais récupérer mes vêtements.

Il s'est levé lentement, a écrasé son mégot dans un cendrier et, en haussant les épaules, il a repris.

— On ne va pas jouer aux devinettes, ce serait malvenu. Vous êtes chez moi. Je vous ai retrouvée, inconsciente, avec un trou comme mon pouce dans le bas du dos. Et ce, dans un endroit où une jeune fille comme vous n'aurait pas dû se trouver.

— D'accord.

— Je me suis permis de vous ramener avec moi et de vous soigner. On dirait que je ne m'en suis pas trop mal sorti.

Il a passé une main sur son crâne dégarni et sa jambe s'est mise à sautiller nerveusement comme celle d'un adolescent intimidé.

— Merci, alors. Je ne vais pas vous déranger plus longtemps. Je voudrais récupérer mes vêtements avant de partir.

— Je m'appelle Joseph.

Il s'est levé brusquement et s'est approché de moi, la main tendue. J'ai eu un pas de recul et il a laissé retomber sa main, mollement, l'air déçu de ma réaction. Il ne s'est pas avoué vaincu pour autant et a continué sur sa lancée.

— Vous aviez votre carte d'identité sur vous. Je me suis permis d'y jeter un œil. Pauline Fanchon. Vous avez vingt-deux ans et vous êtes née dans cette ville de misère, tout comme moi. On est des natifs, on est faits pour s'entendre.

Il a ricané de nouveau, d'un air un peu bête, puis il s'est dirigé vers un placard. Il en a sorti une assiette recouverte d'aluminium qu'il a posée sur la table lui faisant face.

— Si vous le souhaitez vraiment, vous pouvez partir. Mais vous devriez manger un peu avant. Vous êtes trop maigre.

Je me suis assise face à la fenêtre, sur une des chaises en formica. L'appartement était en hauteur, peut-être au sixième ou septième étage, il dominait les alentours. Une fois mes yeux réacclimatés, j'ai pu apercevoir la frontière se dessinant, au loin, par les carreaux des fenêtres. Nous étions toujours du mauvais côté, mais dans un bâtiment qui avait été épargné par la dévastation, sans que je puisse m'expliquer pourquoi.

Mes pensées étaient confuses, mon cerveau semblait avoir du mal à assimiler clairement les événements. Je me suis demandé si cet endroit n'était pas qu'un fantasme lui aussi, un rêve obscur dans lequel ma mère s'apprêtait à ressurgir. Cet abri inespéré, cette chaleur qui nous entourait, cet homme étrange qui m'avait recueillie, qui semblait forcer sa bienveillance comme le méchant d'un mauvais film. Et mon corps troué qui était miraculeusement assez valide pour que je puisse me déplacer à l'aide d'une chaise.

J'ai pensé à Véronique. Peut-être était-ce la vision de ma mère durant mon évanouissement qui m'avait ramenée à elle. Véronique qui avait presque été une mère de substitution pendant quelques jours, alors que nous étions réfugiés dans les sous-sols puants. Elle qui m'avait rassurée, pendant les premières semaines, qui avait cherché à trouver les mots pour m'apaiser. Qui restait toujours seule, à l'écart, qui paraissait avoir peur d'empiéter sur notre territoire, le territoire des quatre jeunes aux aguets. Qui restait dans son coin, de l'autre côté d'un tunnel dans lequel les tuyaux brisés des égouts se déversaient lentement.

J'ai pensé à nos discussions, aux radotages que je lui imposais. Mes longues tirades sur Frédo, sur la façon que nous avions de nous aimer. Sur Paul aussi que j'aimais et que je détestais tout autant de ne pas être parti à la place de mon amour. Sur Pierre et sur Julie et la douleur que me provoquait chacun de leurs élans enamourés. Elle m'écoutait attentivement, me tenait la main parfois, cherchant à montrer son attendrissement. Jusqu'à ce qu'elle abandonne, comme chacun de nous, que l'espoir d'une survie s'éteigne définitivement et que mes visites semblent l'exaspérer terriblement.

Je me suis penchée à la fenêtre, restant assise sur ma chaise, attirée par la lumière qui m'avait fait défaut pendant trop longtemps. Le vent soufflait au-dehors et faisait voler les débris par-dessus les ruines. Il y avait un groupe armé au bas de l'immeuble, mitraillettes autour de la taille, ils jouaient aux cartes, assis sur des caisses en bois. Ils étaient trop loin pour que je puisse dire à quelle faction ils appartenaient. Il m'a semblé voir un foulard rouge autour du cou d'un des leurs, ce qui n'était pas bon signe. Les soldats qui portaient la bannière rouge, c'étaient les pires. Des miliciens qui ne rendaient de comptes à personne et à qui on avait donné carte blanche pour libérer la zone. J'ai cherché des yeux le combattant qui portait le morceau de tissu, je ne l'ai pas retrouvé et j'étais trop fatiguée pour savoir s'il s'agissait d'une mystification de mon esprit.

L'homme s'est approché, il m'a posé l'assiette sur les genoux. J'ai agrippé la faïence froide de mes deux mains, ne sachant pas quoi en faire. Je ne voulais rien ingurgiter, je ne voulais pas sauver le corps.

L'homme s'est installé à mes côtés, nos deux chaises devant la grande fenêtre. Il s'est frotté allégrement le visage, ça a fait un bruit de papier de verre. Puis il s'est adressé à moi :

— Il y a des vêtements propres dans l'armoire de la chambre.

— Merci. Les soldats en bas de l'immeuble. Savez-vous à quel groupe ils sont rattachés ?

Il a ricané, ce qui semblait décidément être une réaction assez habituelle chez lui. Un son qui aurait pu passer pour un grognement aigu, un peu forcé.

— Vous voulez savoir si ce sont des miliciens, c'est ça ?

— Oui.

— Vous n'avez pas compris que ça n'a aucune sorte d'intérêt ? S'ils l'ont décidé, et quel que soit leur statut, ils vous tireront dessus, juste pour passer le temps. Ou ils feront pire, mais on ne va pas débattre sur ce sujet. Vous saisissez ?

— Je me suis déjà pris une balle dans le dos et c'est douloureux. Je n'ai pas forcément envie que ça se reproduise.

— Écoutez, la bonne nouvelle, c'est que tant que vous êtes ici, il ne vous arrivera rien. Maintenant, vous pouvez vous habiller.

Dans le placard, à côté du lit, j'ai trouvé les vêtements. Propres et bien rangés. Ils sentaient la naphtaline. J'ai choisi une chemise rouge à carreaux et un jean brut. Ils étaient trop grands. J'ai noué une fine ceinture de toile autour de ma taille, en prenant soin de ne pas appuyer sur ma blessure. J'ai pris une paire de chaussures aussi, des Caterpillar en cuir noir. Elles avaient trois pointures de trop, alors j'ai attrapé un des rouleaux de papier toilette qui encombraient la table basse. J'en ai rembourré l'intérieur et j'ai serré les lacets à mes chevilles. L'homme m'a rejointe dans la chambre, il est entré sans frapper et a poussé un sifflement en me voyant. Il m'a dit :

— Ça doit vous faire du bien d'avoir de nouveaux vêtements. Moi, j'ai toujours adoré ça, les vêtements neufs.

— D'accord.

Il s'est renfrogné un peu et s'est assis au sol, le dos calé contre le mur. Il a posé ses mains sur le haut de son crâne. Ses yeux dansaient dans la pièce, de gauche à droite, sans jamais se poser sur moi. Il avait l'air perdu, un peu triste. J'ai eu l'impression de voir un petit garçon qu'on aurait grondé, un enfant coincé dans le corps d'un homme vieillissant. Rien ne me paraissait sincère dans sa façon d'être, de feindre le détachement, sifflant en entrant dans la pièce comme un jeune imbécile qui croiserait une fille dans la rue, riant en permanence comme si chacun de nos échanges était à se plier en deux. Je ne savais rien de lui et il se comportait comme s'il ne faisait aucun doute que je doive lui accorder toute ma confiance. Je ne me sentais pas redevable de quoi que ce soit, il m'avait sauvée, m'avait soignée alors que je pensais en finir. Il m'avait arrachée au repos qui m'était enfin promis. Je m'apprêtais à rejoindre le néant d'où nous venions tous et à dormir, en paix. Sans cauchemars, en oubliant jusqu'à l'existence d'une vie. Il m'avait enlevée à ça. Même la mort, je n'y avais pas droit, il avait fallu que cet homme me la confisque. Je suis restée dos à la fenêtre, agrippée à la chaise qui me maintenait debout. Il a repris la parole, sans me regarder :

— Vous ne m'aimez pas tellement, n'est-ce pas ?

— Je ne vous connais pas.

— Vous ne me connaissez pas, mais je ne vous fais pas bonne impression. J'ai l'habitude. Lorsque l'on me rencontre, on pense que je suis un sale type. Ça doit être à cause de ma tête cabossée. Mais en apprenant à me connaître, on ne peut que m'aimer. Croyez-moi, je suis un brave type.

— Si vous le dites.

Il a enfoui la main dans sa poche et en a sorti un jeu de cartes.

— Pauline, je vous en supplie, dites-moi que vous jouez à la belote.

Hugo

En début d'après-midi, j'ai aperçu la frontière. Une immense clôture à la construction chaotique qui encerclait tout un secteur. Îlot condamné au cœur de la ville. Quelques bâtiments se tenaient encore alentour, de longs immeubles restés debout. Je me suis dissimulé dans leur ombre, à plusieurs mètres de l'amas de barbelés, de fer et de morceaux de verre. Il devait faire dans les trois mètres de large et me dépassait de plusieurs mètres. Je ne voulais pas trop m'approcher. Tout autour, d'un côté comme de l'autre, des mines étaient disséminées çà et là, menaçant de vous arracher une jambe à tout instant.

Cette clôture, ils en avaient parlé longuement à la télévision, alors que les chaînes émettaient encore. Il y avait eu de longs débats sur la question. Des intellectuels en chemise immaculée et des politiciens bedonnants s'écharpaient sur le sujet alors que l'horreur n'en était qu'à son préambule. Je suivais les programmes avec mon père, qui devenait blême à mesure que les nouvelles s'obscurcissaient. Il éructait devant le poste :

— Ils pensent vraiment que ça va régler quoi que ce soit, ces enculés ? Ou encore :

— S'ils la construisent leur putain de clôture alors c'est la fin, c'est qu'on a perdu pour de bon.

— Qui ça, « on » ?

— Toi et moi, fiston. Et tous les nôtres.

Il pensait à notre famille, nos amis. De l'autre côté. Il savait que ce serait irréversible, qu'on les sacrifierait dans un dernier acte radical. La solution à un problème que nos dirigeants n'arrivaient pas à régler. Une amputation de toute une partie de la ville. Un membre considéré comme trop gangrené pour qu'il y ait un quelconque espoir de guérison. Et ils sectionneraient tout ça dans la panique, avec des instruments de fortune. Moi, je ne comprenais pas les enjeux à ce moment-là ou peut-être faisais-je mine de ne pas les comprendre, de ne pas entendre ni voir ce qui était en train de se passer. Je continuais à laisser filer la vie, comme si rien de tout cela ne me concernait. Toute mon attention était concentrée sur mon environnement immédiat. Mon père qui avait besoin de soins, mon ordinateur sur lequel je faisais défiler des images, des jeux qui ne m'intéressaient pas réellement, mes quelques amis encore présents, ceux qui n'étaient pas encore partis prendre part au conflit et ne tarderaient pas à le faire, sans me prévenir, sans chercher à me convaincre, sachant que c'était peine perdue. Concentré sur mes cigarettes aussi, que je roulais et fumais avec application, allongé sur mon lit, laissant l'esprit vagabonder dans des contrées que je n'avais jamais foulées. Je savais que tout finirait par s'arranger, comme toujours, qu'il ne fallait pas céder à la panique, au désespoir.

J'ai entrepris de longer l'enceinte jusqu'à un point de contrôle, si tant est qu'il en existe encore. Le ciel ne s'était pas enflammé depuis plusieurs heures et je savais que le temps m'était compté. Une odeur de viande et de caoutchouc brûlé a envahi l'atmosphère. J'ai protégé mon visage avec le tee-shirt et les lunettes.

Les gardes étaient là, devant les barrières. Quatre, habillés de noir et encagoulés. Je les ai observés, des marionnettes à la gémellité effrayante, auxquelles l'équipement donnait la même corpulence, la même façon de se mouvoir, lourde, mais tellement décidée. J'ai tiré sur le tissu qui me recouvrait la bouche et j'ai craché par terre, dans leur direction, en un geste forcé de haine et de dégoût qui m'a fait me sentir un peu ridicule. Je n'avais plus le temps d'hésiter. Je me suis approché, les mains levées au ciel, de peur qu'ils ne me tirent dessus dès qu'ils m'apercevraient. Un masque plastifié leur protégeait les yeux et chacun était équipé d'un fusil ou d'une mitraillette qui lui barrait la taille. Ils n'ont pas bougé, ont attendu que je les rejoigne, sans même toucher à leurs armes. Je me suis adressé à eux et ma voix était plus fébrile que je ne l'aurais voulu, montant dans les aigus :

— Comment est-ce que je peux passer ?

Ils sont restés enracinés, sans un mouvement. Celui qui était le plus proche s'est raclé bruyamment la gorge. Du moins, il m'a semblé que c'était lui, parce que son corps restait figé et qu'il m'était impossible de voir les expressions de son visage. Puis il a parlé :

— Pour passer ? Comment ça, pour passer ?

— Pour passer au nord, de l'autre côté.

— T'es un marrant toi. Tout le monde essaie de se sauver de ce bordel et tu débarques pour me dire que tu veux entrer. Tu t'es trompé de destination, gamin, crois-moi. Si t'as prévu de prendre des vacances, tu peux trouver mieux.

Je ne savais pas quoi lui répondre. Je me trouvais stupide soudainement et je ne voulais pas trop réfléchir à ce que j'étais sur le point de faire. Le garde a attendu un moment puis, visiblement irrité par mon silence, il a continué sur sa lancée.

— Écoute, gamin, si tu veux passer, fais-toi plaisir. Je lève la barrière sans aucun problème. Mais sois-en certain, si tu reviens dans quelques heures et que tu me demandes la même chose en sens inverse, ça risque d'être plus compliqué.

— Peu m'importe.

Il s'est tourné vers un de ses compagnons, sur sa gauche.

— Peu m'importe. T'entends ça, Étienne ? C'est un comique, lui. Avec ses lunettes à la con et son foulard sur la gueule. Tu sais quoi, raconte-lui ce qui est arrivé au dernier qui a voulu sortir, ça le fera peut-être changer d'avis.

Le soldat s'est approché, une silhouette sombre qui me surplombait. Il a pris la parole à son tour.

— Le dernier qui a voulu sortir, c'est simple. Il nous a suppliés, en bavant et en pleurant. Et on lui a dit d'aller se faire foutre. Mais ce con-là, il a voulu passer quand même. Le genre de petit connard comme toi, tu vois, qui pense que tout lui est acquis d'avance. Il a couru, il a voulu sauter par-dessus les barrières, comme si tout ça n'était qu'un putain de jeu vidéo. Du coup on l'a tiré comme un perdreau. Sauf qu'il était beaucoup plus simple à flinguer qu'un perdreau. Il a quand même réussi à détaler, mais avec tout ce qu'on lui a mis, il n'a pas dû aller bien loin.

J'ai pensé à Paul, à son corps sanguinolent et au sourire sur son visage. Je me suis rappelé les nombreuses fois où il m'avait proposé d'aller courir dans les parcs avec lui. De l'accompagner à ses entraînements au marathon. Et moi qui avais toujours refusé, arguant que courir sans but, uniquement pour le plaisir, me laissait perplexe. Paul, mon ami qui avait finalement pu mettre en pratique ses compétences. Et qui avait réussi, qui était passé malgré tout, qui avait remporté la course de sa vie et était arrivé chez moi, mourant, mais heureux d'être le vainqueur. J'ai serré les dents et me suis approché de la barrière.

— J'ai bien compris. Mais j'aimerais passer quand même, s'il vous plaît, je dois retrouver quelqu'un.

Malgré le spectacle de désolation que je découvrais, la facilité avec laquelle j'avais réussi à entrer dans le brasier me mettait étonnamment en joie. Il ne restait rien. Une plaine grise au sol irrégulier. La neige sèche et irritante recouvrait tout, plus que n'importe où ailleurs. À mesure que je m'éloignais de la frontière et des gardiens qui m'avaient laissé la franchir, je devinais des formes sous la poudreuse, des monticules de pierres, des corps laissés à l'abandon, des trottoirs et des routes qui ne servaient plus à rien. J'ai trébuché plusieurs fois sur des choses pointues sans que je puisse déceler de quoi il s'agissait, la poussière me recouvrant les jambes jusqu'aux genoux. J'ai continué, droit devant moi, avec lenteur, espérant tomber sur un accès vers les sous-sols qui aurait été épargné.

Le silence me mettait mal à l'aise. Je me suis dit que l'alarme ne sonnerait plus, il ne restait rien à bombarder. J'étais tellement habitué à ce que mes jours soient rythmés par le vrombissement infernal que je me suis mis à chantonner la complainte des sirènes, pour calmer mes nerfs. Je montais dans les aigus, redescendais dans les graves. Encore et encore. Au centre de l'immensité grise, sans aucun moyen de me repérer, marchant droit devant en attendant un signe quelconque qui ne viendrait certainement jamais. Je chantais, la joie chevillée au corps. J'allais retrouver les miens, j'allais retrouver ma Pauline et lui donner à manger tous les vivres que contenait mon sac. La forçant à avaler s'il le fallait. Pour qu'elle reprenne des forces, qu'elle soit capable de se lever et de partir de son maudit sous-sol. Qu'elle puisse faire le voyage retour avec moi. Qu'on transperce cette barricade, quoi qu'il en coûte, et qu'on attende que ce merdier se termine, à l'abri, du bon côté du monde.

Pauline

La pendule dans la chambre, si tant est qu'elle fût bien réglée, affichait treize heures passées lorsque Joseph a décidé de sortir de l'appartement. Il m'a prévenue qu'il me rejoindrait un peu plus tard, qu'il m'aiderait à changer mon pansement, me priant de me reposer en attendant, de faire comme si j'étais chez moi. Il a fermé la porte de sa chambre à clef, recouvrant le bruit de la serrure par un de ses nombreux ricanements insensés, et il est parti.

Il me mettait toujours aussi mal à l'aise. Avant qu'il ne se décide à sortir, nous avions joué aux cartes, nous servant du matelas de mon lit comme d'une table. Il s'était mis en colère, voyant que je remportais la partie. Il avait envoyé valdinguer son jeu, d'un coup sec, à l'autre bout de la pièce et m'avait lancé un regard froid. Il avait serré le poing, jusqu'à en faire craquer les jointures de ses doigts. Puis, apercevant l'expression perplexe de mon visage, il s'était finalement repris et avait affiché un sourire toujours aussi faussement appuyé.

Je me suis mise devant la fenêtre. J'ai attendu qu'il réapparaisse au bas de l'immeuble. Je l'ai observé passer la porte et se diriger vers les gardes. Il a serré la main de chacun. Ils ont eu l'air d'échanger quelques plaisanteries, ils rigolaient. L'un d'entre eux l'a même gratifié d'une petite tape amicale sur l'épaule. Et il a continué sa route, droit devant, sans se retourner. Je me suis demandé quelle destination mon hôte pouvait bien vouloir rejoindre au sein du territoire décharné.

Le frigo et les placards de la cuisine étaient pleins. Des conserves diverses, de la viande séchée, des fruits au sirop. Du fromage aussi, du café, du sucre, du beurre. Des aliments dont je n'osais même plus présumer l'existence. J'ai poussé la porte qui donnait sur la buanderie. À l'intérieur, des packs de bouteilles d'eau entassés, du sol au plafond. De quoi tenir des mois. Quelques bouteilles de vin aussi, rangées dans une cagette en bois. En voyant tout ça je me suis sentie comme une gosse trop gâtée au matin de Noël, éblouie jusqu'à l'écœurement par tous les trésors qui s'offraient soudainement à moi. À la différence près que le père Noël ne ressemblait pas vraiment à l'idée que j'aurais pu m'en faire. J'ai mis la cafetière italienne à chauffer sur le brûleur.

J'ai suivi le long couloir qui reliait les pièces entre elles. Je suis passée devant la porte fermée de la chambre de Joseph, et suis entrée dans le salon. Le mobilier y était simple. Un canapé, une télévision qui ne servait plus, une table basse et plusieurs affiches de film accrochées aux murs, qui ne me disaient rien pour la plupart, à part celle de *Quand passent les cigognes*, un film russe que j'avais visionné en classe, il y a quelques années de ça et qui m'avait bouleversée. Je me suis avachie dans le velours vert du sofa. Sur la table, face à moi, une photo que j'ai reconnue elle aussi. Un portrait de Jack Lemmon, tiré de *La Garçonnière*. Il fixait l'objectif de sa tête de chien battu, œil noir qui scintille, cheveux gominés, sourire triste au coin de la bouche. Il semblait m'observer comme si j'étais Shirley MacLaine et que je détenais le sort de son petit cœur estropié entre mes mains. J'ai pris le cadre, me suis allongée et l'ai serré contre moi.

Le bruit dans l'entrée m'a réveillée, la voix de Joseph et une autre que je ne connaissais pas, une voix d'homme. Ils étaient trop loin pour que je puisse comprendre ce qu'ils se disaient. J'ai entendu un rire et le parquet du couloir a commencé à grincer. Ils se dirigeaient vers la chambre qui m'avait été dévolue. Les gonds de la porte ont émis un grincement alors qu'ils entraient dans celle-ci. Puis quelques pas encore, leurs semelles qui semblaient taper plus fortement sur le sol alors qu'ils s'approchaient du salon, de là où je me trouvais.

Joseph a ouvert, il a laissé deux hommes vêtus de noir entrer sans lui. Il a refermé à clef derrière eux et j'ai compris, j'ai su ce pour quoi ils venaient. Ils se sont approchés, salissant le sol de leurs bottes boueuses. J'ai serré Jack contre ma poitrine.

L'un des deux hommes a saisi une mèche de mes cheveux et l'a replacée derrière mon oreille, le bout de ses doigts était rugueux et j'ai frissonné à leur contact. Il m'a dit de ne pas avoir peur, il m'a dit que tout allait bien se passer. Je ne pouvais plus bouger, j'aurais voulu me relever, mais mon corps ne répondait pas. Il a continué de marmonner des choses, tout doucement, sur un ton calme et se voulant rassurant, comme s'il parlait à une petite fille qui se réveillait d'un cauchemar. Un voile a envahi la pièce, émoussant chacun de mes sens. Je ne comprenais plus la signification des mots, des phrases qu'il prononçait. Ce n'étaient plus que des sons qui parvenaient à mes oreilles sans que mon cerveau arrive à les décrypter. Mon cœur tapait si fort dans ma poitrine que je le sentais prêt à éclater comme un vulgaire ballon de baudruche. J'ai senti leurs doigts qui tiraient sur mes habits. J'ai senti leurs haleines fétides qui envahissaient ma trachée, leurs mains répugnantes qui fouillaient. Je me suis évanouie.

Hugo

J'ai plongé dans la poudreuse, ensevelissant mon corps hors du monde, cherchant à le cacher des hommes qui venaient de me prendre en chasse. Puis j'ai rampé, étouffant, ingérant les restes de la ville qui emplissaient mes sinus. J'ai rampé jusqu'à n'en plus pouvoir, avec toute l'efficacité dont j'étais capable, essayant de respirer le moins possible. Les coups de feu ont cessé rapidement et je me suis mis sur le dos. J'ai poussé mon visage en direction du ciel, jusqu'à ce que mes narines sortent de l'amas de cendres, et j'ai attendu, le nez rescapé des limbes, que mon cœur daigne se calmer.

Pauline

Joseph a soupiré longuement, assis sur la chaise métallique de la cuisine. Il était venu rouvrir la porte quelques heures auparavant, laissant les deux ombres sortir. Je les avais entendus rire dans le couloir avant qu'ils ne quittent l'appartement. J'étais restée prostrée sur le canapé, l'esprit asséché. Le cadre de Jack Lemmon s'était brisé entre mes doigts, striant les paumes de mes mains de coupures sanguinolentes. Et puis j'avais fini par me lever, lentement. J'étais allée jusqu'à la salle de bains, j'avais saisi le jerrican entreposé dans la cabine de douche. Je l'avais vidé d'une traite sur mon corps. Laissant l'eau froide couler sur mon sexe, tentant de calmer la douleur et le dégoût.

Il a poussé une assiette remplie de pommes de terre et de fromage vers moi avant de dire :

— Regarde autour de toi, ça fait combien de temps que tu n'as pas eu droit à ça ? De la nourriture, des couvertures, des vêtements propres, de quoi te laver. Même une chambre, rien que pour toi.

Je n'ai rien répondu, je me suis contentée d'observer l'assiette remplie à dégueuler. Je me suis précipitée vers l'évier pour évacuer les remontées acides qui m'emplissaient la bouche. Les yeux fixés sur la céramique usée, j'ai entendu Joseph se lever, les pieds de la chaise faisant couiner le sol, puis j'ai senti sa main qui me caressait le dos, ses doigts boudinés qui remontaient le long de ma colonne vertébrale et qui rajoutaient au dégoût dont mon corps entier était saisi.

— Ça va aller. Il faut que tu t'habitues un peu, c'est tout. Crois-moi, ça ne me plaît pas non plus. Si je pouvais le faire à ta place, je le ferais. Mais, honnêtement, qui est-ce qui voudrait prendre du bon temps avec une vieille bestiole comme moi ?

Je me suis redressée et me suis dirigée vers l'embrasure de la porte.

Dans la nuit, la pénombre m'étreignait de nouveau et ça avait quelque chose de réconfortant. Je me suis abandonnée à elle comme à une vieille amie. J'ai entendu quelques coups de feu résonner au bas de l'immeuble, suivis par des hurlements, sans savoir s'il s'agissait de cris d'allégresse ou de terreur.

J'ai touché mon pansement. Il était imbibé d'une épaisse matière poisseuse. Il aurait fallu que je nettoie la plaie, mais cela impliquait d'aller jusqu'à la salle de bains, de prendre le risque de croiser Joseph.

J'ai pris l'oreiller entre mes bras et l'ai serré fort. Comme s'il s'agissait de Julie ou de Pierre. Comme s'ils étaient encore avec moi, à me consoler le soir venu, à dormir avec moi, emboîtant leurs deux corps tièdes avec le mien. J'avais besoin d'eux, des effluves de leurs corps crasseux, de leurs mains caressant ma peau abîmée, de leurs bouches effleurant la mienne. J'avais besoin qu'ils me fassent oublier, ne serait-ce qu'un moment. Qu'ils m'arrachent à la douleur physique, mentale. Qu'ils m'éloignent un temps de la peine.

J'aurais voulu pleurer un peu, mais ça restait coincé dans la gorge, formant un bouchon de tristesse qui empêchait tout de sortir. Alors j'ai serré l'oreiller, je l'ai serré jusqu'à ce qu'il en étouffe.

Hugo

Je me suis approché de la lumière. Un homme, seul, devant un feu, qui s'était déchaussé et avait étendu ses pieds près des flammes. À vingt centimètres de sa main droite, un fusil-mitrailleur était posé, adossé comme lui à quelques parpaings détrempés. Ce feu, j'en avais rêvé toute la soirée alors que la pluie tombait, transformant la poussière en boue acide qui me rongeait les jambes jusqu'aux genoux. J'aurais dû continuer mon chemin, même faire un détour s'il le fallait, pour être certain de ne pas être aperçu. Mais j'étais fatigué, j'avais froid. Je n'avais trouvé que du gris et du rien, là où j'espérais idiotement tomber sur une bouche de métro indemne. Les hommes qui m'avaient poursuivi durant la journée m'avaient contraint à demeurer enfoui durant des heures, les membres transis de froid, le corps engourdi par mon immobilité forcée. J'avais besoin de ces flammes, de cette chaleur, ne serait-ce que pour quelques instants. J'ai saisi le pistolet de ma main droite, ai dirigé le canon vers la tête de l'inconnu qui ne m'avait toujours pas entendu arriver. J'ai franchi les derniers mètres qui nous séparaient et lui ai lancé :

— Tu ne bouges pas.

Le type a fait un bref mouvement, espérant avoir le temps de saisir son arme. J'ai crié.

— Si tu touches à ce putain de fusil, je te fais sauter la tronche.

Il a hoché la tête et a ramené sa main vers lui. J'ai continué, m'efforçant d'afficher ma détermination :

— Comment tu t'appelles ?

— Thierry.

Gardant mon pistolet pointé vers lui, je me suis approché et j'ai saisi son arme avant de faire quelques pas en arrière. Je me suis accroupi de l'autre côté des flammes, face à lui. Son corps long et sec était étalé dans la boue. Il portait un treillis noir et s'était emmitouflé dans une parka qui l'enveloppait jusqu'aux cuisses. Il m'a souri. Son visage, éclairé par les flammes jaune orangé qui dansaient entre nous, était encombré par une barbe fournie qui lui emprisonnait la mâchoire.

— Tu attends du monde, Thierry ?

— Non. Je n'ai pas donné rencard à qui que ce soit dans ce coin merveilleux. Après, on ne peut jamais savoir. Regarde, toi, je ne t'avais pas vraiment invité non plus.

Il a soupiré et s'est redressé contre le mur. Il ne semblait pas intimidé par le jeune homme boueux et mal équipé que j'étais. J'ai essayé de paraître assuré, de nouveau, sans arriver à m'en convaincre moi-même.

— Je t'ai déjà demandé de ne pas bouger. Qu'est-ce que tu fais ici, tout seul ? Si tu as le courage de faire un feu comme celui-là, c'est que tu ne dois pas craindre grand-chose dans le coin. Je ne peux pas dire que ça me plaise vraiment.

— Qu'est-ce que tu fais là, alors ?

— Je me réchauffe, je ne serai pas long. Juste le temps de sécher mes vêtements, de piocher un peu dans tes vivres. Après, je file.

J'avais réussi à faire disparaître son affreux sourire, effaçant par la même occasion le spectacle de sa dentition gâtée. Il s'est redressé encore un peu sur le mur, prenant de la hauteur. J'ai lâché mon pistolet vide et l'ai menacé du fusil, le saisissant à deux mains. Il a grommelé :

— Est-ce que tu sais seulement t'en servir ?

J'ai appuyé sur le levier de sélecteur, pour être certain que le cran de sûreté n'était pas enclenché, et j'ai saisi la barre d'armement que j'ai ramenée d'un coup sec en arrière. Il a repris :

— Tu sais que tu fais une bêtise, là ? Tu en as conscience, j'espère ? Tu penses que c'est toi qui tires les ficelles, que tu as réussi ton coup. Mais je vais te dire quelque chose, au moment même où tu as débarqué ici, ton sort était scellé. Tu pourrais continuer à rouler des mécaniques si tu le voulais, à triturer mon fusil comme un ado attardé en pensant m'impressionner. Mais ça ne changerait rien. Tu es dans mon secteur ici, et les gars ne vont pas tarder à rappliquer. Si un seul coup de feu est tiré, ils débarqueront à une vitesse que tu ne peux même pas imaginer et ils te feront ta fête. Et, que ce soit clair, même si tu ne fais rien, dès que tu partiras, je braillerai un grand coup et on se mettra à tes trousses. Crois-moi, on te trouvera vite, on fait ça toute la journée.

— Qu'est-ce que tu proposes alors ?

— Rien. Je t'explique juste la situation dans laquelle tu t'es fourré.

Je me suis levé, j'ai fait deux pas vers lui, contournant le feu. J'ai réfléchi un instant et je lui ai dit :

— Je te laisse tout si tu veux. Et je décampe, immédiatement. Je te laisse même le fusil. À une condition.

— Vas-y, je t'écoute.

— Je veux que tu me dises comment je peux accéder aux sous-sols. Je veux rejoindre les tunnels du métro.

Il s'est frotté un peu la barbe de sa main droite.

— Je ne sais pas d'où tu débarques, mais t'es un sacré marrant. Ça ne te servirait à rien de descendre là-dedans.

Je me suis approché encore, jusqu'à poser l'extrémité du canon sur sa tempe droite. Il a eu un rictus étrange, le coin de sa bouche remontant alors que le métal humide embrassait sa peau.

— Je t'écoute, continue.

— Si tu t'étais mis en tête de retrouver quelqu'un en dessous, ça va être compromis. On a bouché toutes les issues, pour être certains que les mange-merde qui s'y planquaient ne pourraient plus en sortir. Et puis, il y a deux jours, on s'est dit que c'était pas tellement humain tout ça. Ça nous crevait un peu le cœur de les imaginer à se bouffer entre eux dans le noir. Alors, on a fait deux brèches dans le sol à un kilomètre l'une de l'autre. Et on a gazé tout ça, histoire que ça se termine une bonne fois pour toutes. Tu trouveras rien là-dessous, rien de vivant en tout cas.

Les voyelles, les consonnes qui venaient de sortir de sa bouche, je ne voulais pas les comprendre. Ce n'était qu'une mélodie atroce et syncopée qui parvenait jusqu'à mes oreilles et qui claquait dans ma tête, quelque chose qui n'avait aucun sens, mais qui me faisait tanguer une fois de plus, mes pieds se tenant déjà difficilement sur le sol branlant. Je ne voulais pas entendre, je ne voulais pas comprendre ce qu'il venait de prononcer.

J'ai appuyé sur la détente. La rafale a anéanti sa tête, pour la réduire en une bouillie qui est venue se confondre à celle encombrant déjà le sol. J'ai lâché le fusil et je me suis engouffré dans les ténèbres. J'ai marché en pleurant. Jusqu'à ce que mes jambes ne me portent plus. Et je me suis laissé tomber au sol.

Pauline

J'ai été réveillée par un bruit sec. Joseph venait de poser un plateau sur la chaise, à côté de la tête de lit. Il était planté devant moi, une lampe à la main. Il me regardait avec tristesse. Ses yeux étaient gonflés, un peu rougis. Il s'est mis à chuchoter :

— Excuse-moi, j'ai essayé de ne pas te réveiller. Mais tu as le sommeil léger, apparemment.

Je n'ai rien dit, je me suis contentée d'observer sa silhouette trouble dessinée dans la pénombre. Il a enchaîné.

— Il est tôt, je sais, je suis désolé. Il doit pas être loin de quatre heures. Je n'arrivais pas à dormir. Je pensais laisser ça là pour que tu le trouves à ton réveil.

J'ai tourné mon visage vers le plateau. Un bol avec des fruits secs, du pain, une assiette de fromages. Un peu de viande séchée aussi et un thermos fumant à côté d'une tasse. Il avait même déposé une fleur en papier dans un vase. Il m'a souri timidement et sa jambe s'est remise à bouger en tous sens, faisant vibrer son corps entier.

— C'est quoi le problème avec cette jambe ?

— Oh, ça ? C'est rien. Un peu d'hypertension, j'imagine. C'est qu'on n'a pas tellement été épargnés ces derniers temps, nous autres.

— Nous autres ?

— Toi, moi. Tout le monde, j'imagine.

Il s'est assis sur le lit, au niveau de mes pieds. Je lui ai répondu, froidement.

— Vous avez l'air de ne pas trop mal vous en sortir pourtant.

Ses yeux se sont emplis de larmes. Et j'ai compris qu'il avait dû pleurer comme ça toute la nuit. Il a toussoté, en se forçant, essayant de se redonner un peu de contenance.

— Tu sais, Pauline, tu peux me tutoyer si tu veux. On n'est plus des inconnus maintenant. Et puis je voulais te dire aussi…

Il a laissé sa phrase en suspens, sa voix s'étant mise à trembler un peu trop.

— Qu'est-ce que vous vouliez me dire ?

— Je voulais te dire que j'étais désolé. Que tu aies eu à subir ça hier. Et aussi que tu serais tranquille aujourd'hui. Tu peux te reposer. (Il s'est levé et s'est dirigé vers la porte en parlant d'une voix faible.) Je repasserai plus tard pour t'aider à changer ton pansement. Il ne faut pas que la plaie s'infecte.

J'ai saisi le plateau qui trônait sur la chaise. Celle qui m'avait servi de béquille. J'ai versé le café encore brûlant dans la tasse, je l'ai porté à mes lèvres. Il était un peu fort, l'arôme amer, la brûlure dans la trachée, le goût du tanin qui arrivait après coup. J'en ai bu quelques gorgées et puis ça m'a rendue triste.

À chaque fois que ma langue rencontrait l'amertume du liquide, ça me ramenait aux morceaux de viande noircie que me préparait Pierre, alors que nous étions reclus dans les couloirs du métro. Les repas qu'il me déposait sur du tissu avant de me caresser les cheveux. Pierre, il se donnait du mal avec les moyens qu'il trouvait. Il avait toujours une petite phrase pour essayer de me convaincre. « Ce coup-ci, tu ne pourras qu'aimer, c'est une nouvelle recette que j'ai mise au point. Tu verras, ça n'a rien à voir avec tout ce que j'ai pu t'amener jusqu'ici. Si ça se trouve, tu vas même m'en redemander. » Je me forçais un peu, pour ne pas le vexer. Mais, dans le fond, je savais bien d'où venait la viande, et ça m'écœurait d'en être arrivée là. Julie m'avait raconté comment il faisait, ses chasses interminables dans les couloirs sombres, à l'affût du moindre rongeur. Elle l'avait accompagné quelquefois.

Il avait une cachette où il rangeait sa pierre. Il l'inspectait parfois, juste pour le plaisir, il la trouvait parfaite. Pas trop lourde ni trop légère. Elle était bien ronde et épousait parfaitement les formes de ses paumes. Il en avait eu une autre auparavant, qu'il aimait tout autant, mais elle avait fini par se briser. Ça avait été un vrai coup dur pour lui. Il en avait parlé longuement avec Julie, ils s'étaient disputés à cause de ça. Elle ne comprenait pas qu'il puisse se mettre dans un état pareil pour un simple caillou. Seulement pour lui, ce n'était pas qu'un caillou, c'était le prolongement de ses bras, de son œil, de son oreille entraînée. Ce qui nous permettait de survivre dans ce trou dégueulasse. Lorsqu'il se mettait en chasse, il essayait de distinguer la moindre petite ombre en mouvement au sol. Il écoutait les glapissements lointains, puis de plus en plus clairs à mesure qu'il se dirigeait vers eux. Quand il apercevait enfin un petit troupeau, en train de se nourrir ou de copuler avec rage, il s'approchait lentement, un pied après l'autre, attendant que les graviers soient bien calés sous chaque pas avant d'avancer une jambe à nouveau. Il levait alors les bras au-dessus de la tête. La technique, c'était de lancer avec assez de force pour que les rongeurs n'aient pas le temps de se sauver. Il fallait être précis et dans le noir ça demandait un vrai entraînement. Il était devenu expert à ce jeu-là. Il jetait la pierre. *Tac !* Et il courait jusqu'au point d'impact, impatient de voir s'il avait fait mouche. Lorsqu'il réussissait, il poussait un cri de guerre, toujours le même. Ensuite il ramassait la grosse bestiole estourbie, il en nouait la queue à sa ceinture.

J'ai posé la tasse et j'ai mangé tout ce que contenait le plateau, avec l'image de Pierre et de Julie dans la tête. Je les imaginais dans le noir, continuant à chasser les bêtes aux yeux de rubis, se demandant où je pouvais être passée. Et puis j'ai pensé à Véronique aussi, seule, à rester près de sa bougie en espérant qu'une âme charitable vienne échanger quelques mots avec elle, lui apporter un peu de nourriture, un peu de chaleur. J'ai pensé à eux, j'ai pensé à mon beau Frédo et à ses grandes mains déliées. Puis, après tous ces visages, tous ces corps qui prenaient forme dans mon esprit, c'est l'image de Hugo qui m'est apparue. Et les larmes sont arrivées.

Hugo

Je ne savais pas depuis combien de temps j'étais allongé là, la tête dans la boue qui séchait lentement sous l'effet du vent glacé. À me représenter les corps, dans les sous-sols, leur peau devenue bleue, leur langue gonflée dépassant de leurs lèvres sous l'effet de la suffocation. Je passais d'un visage à l'autre, essayant de me concentrer sur ceux de Pierre et Julie, fuyant celui de Pauline dont la vision était plus douloureuse encore. Les images se gravaient dans mon cerveau, à coups de burin. Des impressions indélébiles qui supplantaient tout le reste.

J'avais décidé de rester dans cette position jusqu'à ce que le poison dans lequel mon corps baignait ait raison de moi. J'en avais même avalé un peu, de ce sol friable, espérant que cela accélérerait le processus. Je me suis tourné sur le dos, j'avais des crampes d'estomac qui me prenaient par saccades, quelques fantômes qui devaient se traîner là et lancer des coups de poing dans mes entrailles. Qui cherchaient à me couper la respiration, pour m'aider à devenir l'un des leurs.

Alors que je luttais contre la douleur, j'ai entendu un hurlement dans la nuit. Quelque chose d'aigu qui épousait la courbe du silence. Un chant mortuaire sorti du fond d'une poitrine animale. J'ai pensé à un loup, à une bête qui n'existait plus dans nos contrées. Je n'en avais jamais vu, de loup, hormis dans les films ou les documentaires animaliers à la télé. Jamais en vrai. Le chant filait dans la nuit et faisait vriller les tympans. Ça emplissait l'espace entier et me saisissait les tripes. Tant de tristesse dans un son quasi monocorde, c'était de la sorcellerie.

Je me suis relevé malgré les frissons qui parcouraient mon corps et les sinus qui me brûlaient. J'ai frotté mes yeux, dégageant le voile de poussière qui les encombrait. Et j'ai observé les alentours, essayant de déceler les ombres dans la lumière rasante de la lune. Je n'ai rien vu. Alors j'ai commencé à gueuler moi aussi. À signaler que j'étais là et que je souffrais tout autant. Il fallait que je lance une clameur dans le vide de la ville, qui ne ricocherait sur rien, qui partirait peut-être tout droit vers un ailleurs plus heureux. J'ai mêlé mon cri à celui de la bête. J'ai pensé au chien que j'avais croisé avant de passer la frontière. Peut-être était-ce lui. Peut-être m'avait-il suivi durant tout ce temps. Mon frère. Le dernier ami que j'aurais dans cette vie.

Le chant animal m'a semblé plus proche, puis il s'est arrêté. Et lorsqu'il a repris, il m'a semblé s'être approché encore. Ça a continué pendant une heure, peut-être deux. Je perdais la notion du temps. Un échange de cris, une conversation sans les mots, réduite à l'essentiel.

Mes cordes vocales étaient sur le point de se rompre, ma gorge me brûlait, mais je continuais, encore et encore. Galvanisé par l'idée qu'un être vivant me comprenne, qu'il partage un peu de ma souffrance. Même s'il s'agissait d'une bête. Finalement, j'ai entendu des bruits de pattes étouffés dans la neige sèche. Puis j'ai senti le froid d'un museau, la chaleur d'une langue sur la peau de ma main. Il était là. Il avait une gueule fine, il ressemblait à un renard un peu pouilleux, trop maigre. Ses deux orbites noires reflétaient le semblant de lumière alentour. Il a reculé brusquement, a tourné en rond sur lui-même avant de revenir vers moi. Il m'a lapé le bout des doigts, de nouveau. C'était humide et râpeux. Je me suis assis lentement pour ne pas l'effrayer. Il s'est éloigné encore, sautillant dans la poussière comme il pouvait.

J'ai roulé une cigarette en espérant qu'il puisse s'habituer à ma présence. Il m'a observé, assis quelques mètres devant moi. Le point lumineux de la sèche qui s'embrasait par à-coups, au rythme de mes aspirations, telle une luciole en fin de vie. La fumée mêlée de vapeur qui s'échappait de ma bouche et qui partait avec la brise, formant un nuage bleuté qui se dissipait dans le noir du ciel. Il est revenu et s'est collé contre mes jambes, il était chaud, il sentait la terre et l'urine. Je l'ai pris dans mes bras et il m'a léché le visage, remuant sa queue contre mon torse. C'était bon de sentir un être vivant contre moi, un être qui semblait me vouloir du bien et qui m'en faisait la démonstration, simplement, sans réserve. Je lui ai glissé des petits mots idiots à l'oreille, en chuchotant. Des phrases toutes faites que l'on se surprend à répéter, comme tout le monde, lorsqu'un animal de la sorte vient vous faire la fête. « C'est un bon chien, ça » ou encore « T'es beau, oui, t'es un beau chien ». Ça a semblé conforter sa joie et il s'est mis à laper mes joues de plus belle, me chatouillant, provoquant des sensations humides sur ma peau. Je me suis surpris à lui sourire.

Pauline

J'ai dormi toute la journée et à mon réveil, la nuit était revenue. J'étais toujours allongée, à penser à mes amis. À imaginer ce qu'ils pouvaient faire, où ils pouvaient être. À me demander s'ils pensaient à moi. J'ai entendu qu'on frappait à la porte de la chambre, je n'ai pas répondu. Joseph a fini par ouvrir et par passer sa tête dans l'embrasure.

— Tu ne dors pas, Pauline ? Je voulais te montrer quelque chose, si je ne te dérange pas.

Il m'observait, baissant la tête par instants, semblant hésiter à entrer.

— Qu'est-ce que tu voulais me montrer ?

— Quelque chose qui devrait te plaire. Si tu veux bien que je te rejoigne.

— Tu es chez toi de toute façon.

Il a fait quelques pas dans la pièce, timidement. Il tenait un vieux poste radiocassette à la main. Il a saisi la chaise. Il l'a tirée, faisant couiner les patins contre le parquet. Il l'a positionnée face à moi et s'est assis. Il a dit, sans me regarder :

— C'est pour toi. Un cadeau.

Il a ouvert le bas du poste et a sorti deux grosses piles de sa poche. Il les a introduites dans le compartiment, peinant sur les ressorts de ses grosses mains tremblantes.

— Je les ai enlevées d'une de mes lampes de poche. Je me suis dit « à quoi bon utiliser de la lumière quand on peut avoir de la musique », pas vrai ?

Il a sorti une cassette audio d'une autre de ses poches et l'a glissée dans le lecteur. Il a appuyé sur un bouton en fronçant les sourcils, il semblait inquiet que cela ne fonctionne pas. Les petites enceintes se sont mises à crachoter et la voix de Tina Turner a commencé à résonner dans la pièce. « *You know, every now and then I think you might like to hear something from us, nice and easy.* » Accompagnée d'une basse ronde et rythmée.

Joseph a monté le volume et a posé l'appareil sur le lit, à mes pieds. Un grand sourire d'enfant a illuminé son visage. Il s'est levé de la chaise et a commencé à gigoter maladroitement dans la pièce, à contretemps. Il a continué un moment alors que je l'observais sans rien dire. Puis, il s'est écrié :

— Attends, je sais ce qu'il nous faut pour accompagner la grande Tina ! Et il s'est précipité hors de la chambre. J'en ai profité pour baisser un peu le son et me suis redressée sur la couche. La chanson continuait et malgré le mal-être qui m'enveloppait, je me suis surprise à l'apprécier. Je me suis concentrée sur la voix cassée, pleine de rage retenue, qui montait en puissance à mesure que le titre avançait. « Proud Mary », une des chansons que je chérissais le plus. Un enregistrement sur lequel, en arrière-plan, on entendait Ike, cette ordure de Ike qui essayait d'accompagner sa femme. De façon tellement effacée qu'on aurait pu le croire resté en coulisse, totalement écrasé par le charisme et la prestance de la grande Tina. Joseph est revenu avec une bouteille de vin et deux verres à pied. Il m'en a tendu un, que j'ai saisi, et il l'a rempli à ras bord, jusqu'à ce que quelques gouttes grenat viennent tacher les draps du lit.

— Le remède à tous les maux !

Il s'est servi à son tour et nous avons bu nos verres rapidement, sans trinquer. Il nous a resservis immédiatement et s'est redressé alors que le poste commençait à diffuser une nouvelle chanson de la reine. « The Best ». Joseph m'a fait un clin d'œil, il m'a demandé :

— Tu ne voudrais pas danser avec moi ? Ça me ferait plaisir.

J'ai marqué un temps avant de répondre. La situation me paraissait si grotesque et, malgré tout, j'avais le sentiment de me sentir mieux. Un peu de vie, un peu de mouvement après cette journée passée à dormir et à ressasser des idées noires. Je m'en voulais presque de ressentir cette sensation de soulagement.

— Joseph. Vraiment, tu crois que j'ai envie de danser ? De toute façon je tiens à peine debout, je ne vois pas comment je pourrais danser.

— Aide-toi de ta chaise. Tu verras, ça ne peut que te faire que du bien.

Voyant que je ne bougeais pas, il a abandonné et est venu se rasseoir près de moi. Il a sorti son paquet de cigarettes et en a glissé une entre ses lèvres.

— Ça ne te dérange pas que je fume ?

— Je ne suis plus vraiment à ça près, tu sais.

Il a allumé sa cigarette, avec un Dupont en or. La grande flamme a illuminé son visage, manquant de lui brûler le nez au passage. Il a tiré une longue bouffée qu'il a recrachée derrière lui, de façon un peu ridicule. Il a fini par poser son verre au sol et il a saisi ma main. Il l'a fait venir jusqu'à son visage, en tremblant, la tenant à peine. Il l'a embrassée longuement. Il l'a posée sur sa joue en fermant les yeux, puis l'a fait glisser de nouveau jusqu'à sa bouche, la maintenant à cette place. Je sentais son haleine chaude, sortant de ses narines et venant humidifier ma peau. Il semblait ne plus être vraiment là, il plissait le front de façon très appuyée, une expression qui dessinait de petits boudins de chair au-dessus de ses sourcils. Il a fini par dire :

— Je vais prendre soin de toi, je te promets. Il ne faut pas que tu t'en fasses. On va se soutenir tous les deux. On va former une belle équipe, tu vas voir.

— Ah oui ?

Il m'a fait un clin d'œil.

— Oui, une belle équipe. Comme Ike et Tina.

Je n'ai pas pu me retenir de laisser échapper un rire qui a semblé le surprendre. J'ai retiré ma main lentement et lui ai demandé :

— Tu es sûr que ce soit le meilleur exemple qui soit, Ike et Tina Turner, vraiment ?

Il n'a pas semblé comprendre ma remarque. Il a répondu « Je ne sais pas » et, de sa main orpheline, il a récupéré son verre qu'il a vidé d'une traite. Il a observé le récipient vide un temps puis il a dit :

— Je vais te laisser, je ne veux pas te déranger trop longtemps. Garde la bouteille, d'accord ? C'est du bon vin, ça va te faire circuler le sang. Je vais m'en ouvrir une autre dans le salon, si tu veux me rejoindre à un moment, n'hésite pas, ça me fera un peu de compagnie. Et puis si tu n'aimes pas trop Ike et Tina, ce que j'ai du mal à imaginer, mais sait-on jamais, j'ai d'autres cassettes. Je ne sais plus ce qu'il y a dessus, mais tu n'auras qu'à essayer. Ce sera la surprise.

Il a sorti les cassettes de sa poche et s'est dirigé lentement vers la porte. Avant de franchir le seuil, il s'est retourné une dernière fois et m'a dit :

— Je suis heureux que nos chemins se soient croisés, Pauline.

Au lever du jour, je suis allée jusqu'au salon. Joseph était installé sur le canapé. Il dormait, assis, un pistolet retenu mollement par sa main droite. Une bouteille de vin était posée à côté de lui, sur un des coussins, elle était vide. J'ai écarté chacun de ses doigts, délicatement, prenant soin de ne pas faire de gestes brusques. Une fois sa paume ouverte, j'ai saisi l'engin métallique et l'ai enfoui dans la poche la plus large de mon jean.

Il avait remis le cadre de Jack sur la table basse, le verre brisé et le sang coagulé barraient le portrait de haut en bas, dessinant des traînées marron devant le visage. J'avais mis Jack derrière les barreaux, malgré moi, et il continuait de sourire tristement, s'abandonnant à la fatalité.

J'ai observé Joseph, me demandant qui il était, ou plutôt qui il avait été. Quel métier il avait pu exercer, est-ce qu'il avait eu une famille, des enfants peut-être, des amis. Sa tête penchait vers la droite, il ronflait légèrement, la bouche entrouverte. Il semblait si innocent, à le voir comme ça endormi comme un enfant. J'aurais presque eu envie de recoiffer ses cheveux blancs, de les remettre en place sur son crâne légèrement dégarni. Je me suis approchée encore, jusqu'à sentir son souffle sur mon visage, l'odeur qui se dégageait de son corps. J'ai posé la pointe du couteau de cuisine sur sa carotide. J'ai attendu qu'il prenne une dernière inspiration et j'ai appuyé d'un coup sec, enfonçant la lame jusqu'à sa moitié. Il a roulé par terre et s'est débattu contre le vide. Il m'a regardée, la peur dans les yeux, suppliant comme si je pouvais encore quelque chose pour lui. Je me suis approchée, il a saisi ma cheville gauche avec toute la force qu'il lui restait. J'ai posé le talon de mon pied libre sur le manche du couteau et j'ai appuyé lentement, laissant la lame entrer plus profondément. Jusqu'à ce que le sang ressorte par ses narines et qu'il cesse ses hoquets. Je l'ai laissé là, sur la moquette qui s'imbibait lentement. La lame prisonnière de son cou mutilé.

Je ne savais pas où il cachait ses clefs et je ne voulais pas fouiller sa dépouille, je ne voulais plus le toucher. Je suis retournée à la cuisine, j'ai ouvert tous les tiroirs et placards, jusqu'à tomber sur un hachoir à viande. Je me suis dirigée vers la porte verrouillée de sa chambre et, saisissant l'ustensile à deux mains, je l'ai abattu à plusieurs reprises et de toutes mes forces sur le bois en contreplaqué. Il n'a suffi que de quelques coups pour y faire un trou large comme mon buste. J'ai agrandi l'ouverture en tirant sur les morceaux branlants, jusqu'à ce que je puisse me glisser à l'intérieur. J'avais le sentiment de violer un sanctuaire. De faire quelque chose de mal. Je pénétrais dans le temple d'un homme qui venait de mourir et dont le corps était encore chaud. Un homme que j'avais tué de mes mains. Les volets étaient fermés, la chambre était striée de rais de lumière blanche où voletait une infinité de filaments. Les murs étaient recouverts de cadres de toutes tailles, des photographies, du sol au plafond. Sur la plupart, il s'agissait de Joseph, en costume, entouré de comédiens plus ou moins connus. Des personnes que j'avais vues dans des films, au cinéma ou à la télévision. Je me rappelais le nom de certains. Quant à ceux que je ne reconnaissais pas, je pouvais imaginer à leur accoutrement et à leurs dents trop blanches qu'il devait s'agir de gens du même milieu. Je me suis approchée du lit, il était fait. Les draps semblaient propres et les oreillers étaient disposés de chaque côté, de façon parfaitement symétrique. Au-dessus, un gros écriteau était fixé au mur. « BEIJI FILM PRODUCTION ». En lettres noires sur fond blanc. Je me suis allongée, sachant que mon sang tacherait le bleu du tissu. J'ai attendu que la douleur se calme, que je ne sente plus la pulsation infernale qui partait du bas de mon dos et irradiait jusque dans mes tempes.

Hugo

Ça s'est mis à tonner dans le ciel et le chien est venu se cacher entre mes jambes, enfouissant son museau dans mon blouson. J'ai posé mes mains sur ses oreilles.

— Tout va bien se passer, mon beau. On en a vu d'autres toi et moi. On va s'en sortir, on s'en sort toujours.

Je me suis demandé ce qu'il pouvait bien rester à bombarder dans les parages, hormis le sol mort et les quelques dépouilles pas encore totalement desséchées. Ces corps, disséminés çà et là. Des squelettes en devenir qui devaient se marrer en entendant le vacarme, en voyant les bombes qui tombaient. Le chien s'est mis à couiner doucement. Je me suis redressé et j'ai ouvert mon sac. J'en ai sorti un morceau de saucisson. Il l'a avalé rapidement.

— Tu sais ce qu'on va faire, mon chien ? On va s'approcher, juste un peu. Juste pour voir ce qu'il y a encore par ici qui mérite que l'on s'acharne dessus de la sorte. Il ne faut pas que tu aies peur. Je vais te mettre dans mon blouson si tu veux, contre moi. Tu seras à l'abri.

Pauline

J'ai entendu le vrombissement. Les oiseaux de mort, corbeaux de métal brossé, sans ailes, mais avec de grosses hélices. Les drones s'approchaient. Ici je ne craignais rien. Ils ne bombarderaient pas avec les militaires au bas de l'immeuble, c'est ce que je me suis dit. Puis des hommes se sont mis à crier.

Je me suis relevée avec difficulté, j'ai titubé un peu jusqu'à la fenêtre et j'ai vu les amis de Joseph qui couraient en tous sens, désignant les points noirs dans le ciel qui grossissaient à mesure que le grondement se faisait plus perceptible. Ils semblaient paniqués. Une première explosion a eu lieu, lointaine, suivie d'une autre, à quelques dizaines de mètres devant l'immeuble. Il n'y avait plus de doute possible, le bombardement aurait lieu. Et la seule chose qu'il restait à bombarder, c'était le bâtiment dans lequel je me trouvais.

J'ai enroulé la couette autour de mon corps et me suis engagée dans les couloirs. Je boitais, me retenais aux parois. J'ai pris l'escalier, me demandant, en descendant les six étages, comment Joseph avait fait pour me monter jusqu'ici.

Dans le hall d'entrée, avant que je ne sorte, j'ai jeté un œil rapide par la porte vitrée. J'ai sorti le pistolet qui était toujours dans ma poche, j'ai vérifié que la sécurité n'était pas enclenchée et me suis élancée vers l'extérieur, emmitouflée dans la couette qui ne me protégerait de rien si ce n'est de mes tremblements, sûrement dus à la fièvre qui montait.

Une première salve de balles est venue ricocher contre le mur derrière moi, je me suis jetée au sol. Les trois hommes semblaient dépassés par les événements, je les voyais hésiter entre cette énorme cible mouvante sortie de l'immeuble, ressemblant vaguement à un bibendum aux cheveux hirsutes, et les drones qui approchaient, les menaçant de leurs bombardements à l'aveugle. Deux d'entre eux sont partis en courant alors qu'une nouvelle explosion retentissait. Il en restait un, plus déterminé ou plus assoiffé de sang que les autres. Il a pris le temps de viser. J'ai brandi le pistolet et j'ai tiré. Je ne l'ai pas touché, mais les balles ont sifflé tout autour de lui, le faisant décamper à son tour.

Il fallait que je me relève. Que je prenne la fuite aussi rapidement qu'eux. Je voulais contourner l'immeuble pour ne pas partir dans la même direction. Je me suis mise sur les genoux et j'ai senti le liquide gras et chaud qui coulait depuis mon dos jusque dans mes chaussures. Dans quelques secondes, les drones seraient au-dessus de l'immeuble. Je voyais jaillir des geysers de cendres devant moi, au rythme des déflagrations. La substance crayeuse envahissait l'air, s'insinuait dans chaque orifice de mon visage, me laissant un goût acide dans la bouche qui m'empêchait de respirer. J'ai réalisé que je n'arriverais pas à me remettre sur mes jambes, alors j'ai rampé. Me débarrassant de la couette qui m'encombrait, je me suis traînée au sol, la tête sortant du bourbier. J'ai forcé sur mes bras et sur ma jambe valide en criant, essayant de m'éloigner le plus possible du bâtiment qui attendait la morsure du feu.

Hugo

Un immense fracas a résonné et puis tout s'est calmé. Je me suis dit que l'objectif avait été atteint, la cible détruite. Que les machines retournaient au bercail avec le sentiment du travail bien fait. Le chien s'est mis à japper, se débattant dans mon blouson. Je l'ai posé au sol. J'ai attendu un temps, afin d'être certain que cela ne reprendrait pas de plus belle. Et puis je me suis dirigé vers l'épais nuage de fumée qui montait vers le ciel, au loin devant nous, l'animal à ma suite.

Il ne restait que des pierres, des cloisons ouvertes et des morceaux de ferraille qui gisaient sur le sol en un monticule effrayant. Je me suis dit que personne n'aurait pris le risque de traîner là-dedans, dans le dernier bâtiment qui se tenait encore droit. J'ai entendu des gémissements et le chien s'est mis à courir dans leur direction. Alors je l'ai suivi. C'était un homme, étendu sur le sol. Il était habillé de noir, comme ceux de la frontière. Encagoulé lui aussi. Le bas de ses jambes avait été arraché. Il semblait vouloir dire quelque chose, alors je me suis penché vers son visage.

— Pas eu le temps. J'ai pas eu le temps.

C'est ce que j'ai compris. Il répétait ça en boucle.

— Pas eu le temps de quoi ?

— J'ai pas eu le temps.

— Tu n'as pas eu le temps de t'enfuir, c'est ça ? Tu t'es fait dézinguer par vos propres machines ? Je savais déjà que tout ça n'avait plus aucun sens, mais là ça en devient presque risible. J'imagine que l'idée de laisser des témoins de ce qui s'est passé ici n'enchante pas grand monde. Faut croire que vous allez être les prochains à y passer.

Le chien s'est mis à lui laper le bas des jambes, là où les moignons étaient à vif.

— Pas eu le temps.

— Non, tu n'as pas eu le temps. Et maintenant c'est terminé pour toi. Encore quelques minutes et puis ce sera le vide.

J'ai attendu, assis à côté de lui, laissant le chien ronger dans la chair. « Le temps », ce sont les derniers mots qu'il a prononcés.

Je suis resté une partie de la journée près du corps sans vie, le chien continuant d'apaiser sa faim. J'ai fumé les quelques filaments de tabac qu'il me restait en observant le sol alentour, les trous béants par endroits, au milieu des petites dunes de terre et de poussière. Je me suis assoupi un moment, ne sachant plus quoi faire d'autre que dormir, dormir le plus longtemps possible.

La nuit commençait à tomber lorsque j'ai décidé de monter un campement à l'abri des décombres. Je me suis installé entre deux cloisons qui se chevauchaient et j'ai sorti ma gourde du sac. J'ai bu quelques gorgées, il ne me restait plus grand-chose. Je me suis dit que lorsque le jour reviendrait, il faudrait que je fouille les ruines, pour voir ce que je pourrais y trouver, même si je ne me faisais pas trop d'illusions. Le chien est revenu vers moi. Il s'est installé contre ma jambe, cherchant la chaleur. Il s'est endormi rapidement, repu comme il n'avait pas dû l'être depuis longtemps.

Alors que je fouillais l'intérieur de mon sac, j'ai senti une poche que je ne connaissais pas. Une cavité cachée le long d'un des pans de tissu. J'ai introduit ma main à l'intérieur et en ai sorti un feuillet. Une liste de courses. J'ai reconnu l'écriture fine et penchée vers l'avant, fuyant vers l'avenir. Ce sac, il appartenait à mon père. J'ai pensé à lui. J'ai pensé à Pauline aussi. La rage de l'avoir perdue, de n'avoir pas su la retenir, la protéger. Tout ça est revenu, alors je me suis redressé et je me suis mis à gueuler. À hurler contre les étoiles qui n'avaient même pas l'égard de se montrer. J'ai hurlé, je savais que ça me calmerait. Puis le chien s'est relevé et il s'est mis à gueuler avec moi, deux fous dans la nuit qui lançaient leur chant funèbre de nouveau.

Une troisième voix s'est mêlée à nous. Une voix aiguë. Un cri d'enfant, il m'a semblé. Alors je me suis tu. Pour être certain que mes tympans ne me jouaient pas un tour. Que ce n'était pas qu'un simple acouphène dû aux agressions répétées du bruit des explosions. Le cri a repris. Ça venait de plus loin, à quelques mètres des décombres. J'ai couru. Le cri continuait. Un gosse, un pauvre gosse perdu qui était vivant malgré tout. J'ai vu le corps, allongé, la tête sortant de la poudreuse. C'était un visage fin, une tête en longueur recouverte de longs cheveux noirs. Je me suis accroupi. J'ai dégagé les boucles qui étaient collées à son front. Et mes hurlements ont repris, accompagnés par les larmes et la bave que je ne pouvais plus contrôler. Elle était là, allongée devant moi, le visage blême, mais de la vie dans les yeux. Ses lèvres tremblaient, elle essayait de dire quelque chose, mais sa gorge était nouée. Des sons, des râles d'animaux, c'est tout ce que nous arrivions à faire sortir de nos cavités. Je lui ai embrassé le front, les joues, les yeux, le nez, avalant les larmes salées qui envahissaient sa figure entière, inspirant à pleins poumons cette odeur qui était la sienne et qui était toujours présente malgré la crasse et le sang. Cette odeur que je connaissais si bien. Cette odeur qui exaltait la mémoire. J'ai commencé à creuser tout autour, ôtant la neige grise qui enveloppait son corps. J'ai mis mes mains sous ses épaules et j'ai tenté de l'extirper de là. Mais elle a gémi et, voyant que je m'acharnais malgré tout, elle a fini par parler d'une voix douce et faible. Plus basse que dans mes souvenirs.

— Arrête, Hugo. Je ne peux plus bouger. J'ai essayé, je ne peux plus. Reviens juste me serrer, serre-moi fort, mon Hugo.

Je ne l'ai pas écoutée, j'ai continué à creuser, encore et encore. Je m'en arracherais les ongles s'il le fallait. Et puis elle s'est remise à gémir alors que mes bras heurtaient son corps.

— J'ai pris une balle dans le dos, vers les reins. Il y a quelques jours. Je ne peux plus bouger, Hugo, j'ai vraiment essayé.

— Ne dis pas n'importe quoi. On va y arriver. Tu crois que j'ai fait tout ce chemin pour m'entendre dire ça, que j'arrive trop tard ? On va se tirer de là. On va traverser la frontière ensemble. On va partir comme je suis venu. Tous les deux.

— Hugo. Tu es tout seul ?

— Je suis tout seul, oui. Mais on aura le temps de reparler de tout ça.

— Hugo. Calme-toi. Calme-toi un peu, s'il te plaît. Dis-moi. Papa ? Comment va Papa ?

J'ai pris une grande inspiration. Je ne savais pas si je réussirais à continuer. Faire sortir les mots, ça ne me paraissait plus possible. Ma gorge me faisait mal, je sentais qu'elle était sur le point d'exploser. Pauline m'a souri, cherchant à me donner la force. Ses yeux grands ouverts, avec la flamme à l'intérieur, la flamme qui y était toujours, qui ne l'avait pas quittée.

— Papa, il est à la maison. Il t'attend. C'est lui qui m'a forcé à venir te chercher. Tu te doutes bien que ce n'était pas mon idée, j'étais bien trop content d'être enfin débarrassé de toi. Mais il a insisté, alors je n'ai pas vraiment eu le choix.

— Ne me fais pas rire, Hugo, ça me fait mal quand je ris.

— Pardon. Pardon. Je ne te ferai pas rire pendant les prochains jours, promis. Tu me diras quand je pourrai recommencer à te raconter des blagues, d'accord ? J'attendrai le temps qu'il faudra. On va y arriver, tu vas voir. Je suis entré tellement facilement dans le quartier, tu n'imagines même pas. Si j'avais su, je serais venu avant. On va sortir de là comme si de rien n'était et on va rentrer retrouver Papa, ensemble. Il va être tellement content de te voir.

— Hugo, je sais que tu me mens. C'est gentil, mais je sais que tu me mens. Tu n'aurais jamais laissé Papa tout seul. S'il était vivant, tu ne serais pas là. Je le sais, je ne l'aurais pas laissé non plus. Je sais que tu me mens, mais je ne t'en veux pas. Dis-moi juste la vérité s'il te plaît.

J'ai attendu, baissant la tête. Et puis j'ai passé mes bras sous son corps. Je l'ai soulevée d'un coup sec, l'extirpant enfin de là. Elle a poussé un cri. Un cri de colère contre la douleur que je lui provoquais. Et elle s'est évanouie. Elle ne pesait plus rien. Malgré mes muscles qui avaient fondu, je n'ai eu aucun mal à l'emmener jusqu'à mon campement. Je l'ai allongée là, sur la surface que j'avais dégagée, entre les murs. J'ai mis un peu d'eau sur ses lèvres, sur son visage. J'ai essayé de la réconforter à mesure que son visage bleuissait, la tenant contre moi, serrant son corps fiévreux contre ma poitrine. J'ai attendu que les heures passent, que la nuit s'estompe, que les jours s'enfuient jusqu'à ce que j'en perde le compte.

TROISIÈME PARTIE

REQUIEM

Pauline

Je me suis assise à la table en fer forgé, au milieu du jardin. J'étais pieds nus et l'herbe humide, fraîchement tondue, venait se coller à la plante de mes pieds. La température matinale me donnait quelques frissons que les rayons du soleil apaisaient immédiatement. J'avais enfilé ma robe bleue, celle que Frédo aimait tant et dont j'avais dû recoudre une des bretelles un jour où il s'y était agrippé dans un élan passionné. J'avais conscience que tout ceci n'existait pas réellement. Que j'étais dans le monde des chimères, des hallucinations. Mais cela n'avait pas d'importance, tout était doux, tout flottait délicatement. Comme un paysage au loin, derrière les volutes de chaleur s'échappant d'une route de campagne.

Je ne l'ai pas entendue arriver. J'ai senti ses mains sur mes épaules, sa peau rêche et épaisse. Je ne me suis pas retournée, mais je savais que c'était elle, ma mère, mon aimante mère. À l'odeur, à sa façon de me saisir la nuque, de chercher à dénouer les nœuds de mon cou. Je n'ai rien dit, j'ai profité de sa poigne. Une fine brise s'est levée et le cerisier, en face de nous, a été forcé d'abandonner quelques-unes de ses fleurs. Certains pétales ont atterri sur la table métallique, rejoignant ceux qui la recouvraient déjà. J'ai joué un peu avec eux, laissant mes doigts se frayer un chemin entre les ronds blancs, les regroupant en tas de tailles diverses.

Elle a glissé sa bouche jusqu'au lobe de mon oreille, j'ai senti ses cheveux qui frôlaient ma joue, ses lèvres généreuses, toujours prêtes à embrasser, qui s'attardaient sur ma peau. Elle a susurré quelques mots. « Ma petite, ma toute petite. » Il y avait de la mélancolie dans sa voix, mais je savais qu'elle souriait, comme toujours lorsque la tristesse lui étreignait le cœur. Je n'ai pas pleuré, j'ai posé ma main sur la sienne. Et nous sommes restées là, sans ajouter un mot, à observer le jardin qui dansait lentement sous l'effet du vent.

Hugo

L'oiseau était là, près du panneau calciné où je l'avais pris pour cible. Inerte, recouvert d'une fine pellicule grise. Il était grand, avait la taille de mon avant-bras, des plumes noires et rousses qui brillaient comme si elles avaient été plongées dans du goudron. La balle l'avait fauché au niveau du cou et sa tête ne tenait plus que par un mince filament de peau. Je l'ai secoué un peu, le tenant par les pattes. Le chien s'est mis à danser autour de moi, excité par l'odeur du gibier. Il a essayé d'y planter ses crocs, alors je lui ai mis un petit coup avec mon pied. J'ai attaché le volatile à ma ceinture et me suis dirigé vers le campement.

Le front de Pauline ruisselait de sueur, ses cheveux lui collaient au visage. Je me suis assis près d'elle, l'ai recoiffée avec douceur. J'ai caressé ses joues et ses paupières, les dégageant des amoncellements de flocons brûlés qui ne cessaient de voler depuis l'avant-veille. Elle était belle, malgré les joues creusées et les écorchures sur ses pommettes. Elle avait toujours le trait fin, le menton en lame de couteau.

Et ses yeux, si grands. J'ai fait couler un peu d'eau sur ses lèvres qui bleuissaient au fil des heures, puis j'ai embrassé son front. Sa peau était amère et salée. Le poison sortait par tous ses pores.

J'ai dressé un monticule de bois entre des parpaings. J'ai déchiré la liste de courses de mon père en morceaux, je les ai installés sous les bûchettes, avec du charbon. J'ai allumé le tout en soufflant doucement sur les braises jusqu'à ce que le feu prenne. Puis je me suis assis à quelques mètres de Pauline et j'ai commencé à plumer l'oiseau. J'ai laissé le chien jouer un peu avec les touffes. Il sautait, essayait de les attraper en l'air comme s'il s'agissait d'insectes vrombissants. Il s'arrêtait par instant, soufflait un peu, me jetait un regard en coin, semblant s'assurer que je suivais bien le spectacle. Puis il reprenait de plus belle, lançant des jappements de bonheur et d'excitation.

J'ai roulé une cigarette, laissant le chien ronger la carcasse de l'animal.

Le jour commençait à faiblir, dessinant un trait violet et vertical au-dessus de la plaine. Quelque chose qui changeait les flocons gris en particules colorées. Les paupières de Pauline frémissaient. Je l'ai déshabillée. La plaie était dans le bas du dos. Ronde comme un calot, barbouillée de plusieurs couches de sang coagulé. Ça formait une croûte qui virait du noir au marron orangé. La chair, tout autour, avait commencé à se nécroser. Elle a repris un peu conscience, a fait danser ses grands yeux noirs, sans vraiment les fixer sur quoi que ce soit. J'ai versé le contenu restant de ma gourde sur ses reins, tamponnant doucement la peau avec un mouchoir. Puis j'ai sorti un pot de miel de mon sac, j'en ai badigeonné la blessure et j'ai remis le pansement en place. J'ai calé mon menton sur sa nuque, laissant ses cheveux me caresser le visage, envahir mes narines. J'ai imaginé que nous étions enfants de nouveau. Qu'elle avait fait un cauchemar et était venue me rejoindre. Qu'elle s'était blottie en cuillère contre mon corps glabre, espérant que je la protège des monstres nocturnes qui se cachaient dans la maison. Je me suis mis à chantonner des airs, des chansons de notre enfance. J'espérais que ça puisse éveiller des images dans son esprit, que nous partagerions, pendant un temps, les mêmes souvenirs sans avoir besoin de les exprimer. Le papier peint jaune et bleu de notre chambre. Le lit superposé dans lequel nous dormions. Elle, en haut, près d'étoiles fluorescentes qu'elle avait collées au plafond. Moi en bas, plus âgé et donc moins effrayé à l'idée de croiser les quelques monstres qui pouvaient ramper au niveau du sol. Notre mère, lorsqu'elle était encore là, qui venait nous bercer le soir. Qui nous chantait des chansons dont on ne comprenait pas le sens, mais qui nous étreignaient le cœur. La grande rue goudronnée, en bordure de la ville, où notre père nous emmenait faire du vélo, les gravillons qui nous râpaient les coudes et le menton à chaque chute. Nos disputes, la petite cicatrice sur le crâne qu'elle m'avait laissée en me jetant une pierre un jour de colère. Nos étreintes aussi, auxquelles venait se joindre notre père lorsqu'il en était témoin, nous attrapant dans chacun de ses bras et nous faisant monter jusqu'à ce que nos têtes touchent le plafond. J'ai chanté encore, en inventant un peu, fredonnant simplement lorsque je ne me souvenais pas des mots.

Et le chien m'a interrompu. Il s'est mis à japper, le museau tendu. Puis, dans la même position, semblant apercevoir quelque chose dans le lointain, il a commencé à aboyer. Je me suis redressé dans la direction que pointait l'animal. J'ai aperçu deux silhouettes minuscules qui se dirigeaient vers nous. Je me suis jeté sur le feu pour l'étouffer avec les cendres. Puis je me suis précipité vers Pauline. Je l'ai recouverte, m'allongeant quasiment sur elle et ramenant la neige grise, de mes bras, sur son corps inerte. Je n'ai laissé que son nez et sa bouche sortir de l'amas, les camouflant du mieux que je pouvais en les barbouillant de poussière. J'ai embrassé son nez, trois fois, et j'ai attrapé mon sac. J'ai couru vers les décombres derrière nous, m'écorchant les tibias sur les briques, les cloisons déchirées. Je me suis allongé derrière une longue dalle plane qui dominait le campement, caché, le pistolet de Pauline dirigé vers les deux ombres qui grandissaient à mesure de leur approche.

Deux femmes, équipées pour affronter le froid et chacune armée d'un grand fusil de chasse. Elles se sont approchées de ce qu'il restait du feu, l'ont examiné. L'une d'elles s'est mise à crier.

— Descends de là ! On sait que tu te caches.

Je n'ai rien répondu, ma respiration se faisait trop forte, mes boyaux s'enflammaient. La femme qui venait de crier s'est approchée de la butte sous laquelle était ensevelie Pauline.

— Descends, je te dis. On sait que tu as caché ton amie là-dessous.

Elle a pointé le canon du fusil sur les narines sortant du sol. J'ai rangé le pistolet contre mon dos et me suis levé lentement, les bras tendus vers le ciel.

— Ne lui faites pas de mal.

— Descends. Tu es armé ?

— Non. Juste un couteau, dans mon sac.

Le chien était resté près de Pauline, debout face aux deux femmes. Il ne bougeait pas, retroussait ses babines sans un bruit. Je me suis approché. La femme, qui pointait toujours son fusil vers le visage de Pauline, s'est adressée à moi.

— Il est à toi ce chien ?

— Oui.

— Comment ça se fait qu'il soit encore vivant ? Tout le monde crève de faim et tu as un chien avec toi ?

— Je ne sais pas, c'est comme ça.

— Tu dois avoir suffisamment de provisions pour te payer le luxe de ne pas l'avoir mis en broche.

Elle avait les cheveux longs et bruns, le visage marqué. Elle ne portait ni foulard, ni lunettes de protection, laissant ses yeux exposés, à la merci des agressions extérieures. L'un semblait crevé et virait vers le bleu pâle, contrastant avec le marron foncé de l'autre. Elle a remonté le double canon de son fusil, lentement, dans ma direction. Je me suis senti soulagé de le voir quitter sa cible initiale. Elle a ajouté :

— Et elle, qui c'est ?

— C'est ma sœur, elle est malade. Regardez dans mon sac si vous voulez. Il ne reste pas grand-chose, mais c'est tout ce que j'ai. Laissez-moi le pot de miel, que je puisse lui faire des pansements.

La seconde femme, qui s'était tenue derrière moi, s'est avancée à son tour. Elle a saisi le canon du fusil brandi par son amie et l'a baissé doucement vers le sol. Elle était brune elle aussi, les cheveux courts, elle semblait plus jeune et portait un masque qui lui couvrait une partie du visage. Elle s'est mise à parler à son tour. Elle avait une voix aiguë, un peu juvénile.

— On n'a pas besoin de ton sac, on a ce qu'il faut.

Elle s'est baissée vers Pauline et lui a dégagé le visage en me demandant :

— Qu'est-ce qu'elle a ?

— Elle s'est pris une balle, dans le bas du dos. C'est infecté.

Elle a posé la main sur son front, l'a caressé lentement avec ce qui semblait être de la compassion. J'ai eu envie de la remercier pour ce geste.

— Ce n'est pas avec du miel que tu pourras la soigner, tu sais.

— Je n'ai rien d'autre.

J'ai remis le feu en route, sous le regard méfiant de la femme borgne. Une fois qu'il est reparti, nous nous sommes assis, en cercle, autour des flammes. Elle s'est adressée à sa comparse :

— Camille, fouille-le.

La jeune femme a tourné sa tête brusquement, elle paraissait agacée. Puis elle s'est approchée de moi.

— Je m'appelle Camille. Elle, c'est ma belle-sœur, Tatiana.

— D'accord. Moi, c'est Hugo.

— OK, Hugo. Je vais devoir te fouiller. Juste par précaution. Lève-toi et écarte les bras, s'il te plaît.

J'ai hésité un instant. Je suis resté assis sur ma bûche.

— C'est pas la peine. J'ai une arme glissée à l'arrière de mon jean. Prends-la.

Elle a introduit sa main sous mon tee-shirt. J'ai senti la peau froide de sa paume qui caressait mon dos à la recherche de la crosse. Elle a fini par s'en saisir et l'a inspecté d'un air dubitatif.

— C'est tout ?

— Oui, tu peux me fouiller si tu veux, mais tu ne trouveras rien d'autre.

— Ça ira comme ça.

Elle est retournée s'asseoir.

Camille a sorti une gourde de son sac. Elle a versé un peu d'eau dans le creux de sa main et l'a passé sur son crâne. Elle a répété le geste plusieurs fois, jusqu'à ce que ses cheveux, débarrassés de la poussière, virent du brun au châtain clair. Elle a retiré le masque de ski qui lui encombrait le visage et qui se superposait à de petites lunettes rondes en écaille. Tatiana a repris la parole.

— Comment vous avez fait pour rester en vie, ta sœur et toi ?

— Elle était cachée dans le métro, avec des amis. Moi j'étais du bon côté. Je ne suis là que depuis quelques jours.

— Elle n'a pas l'air en forme, elle ne tiendra pas longtemps. Tu devrais partir pendant que c'est possible.

— Je ne pourrai pas la porter jusqu'à la frontière tout seul. Et même si j'y arrivais, elle ne survivrait pas au voyage dans cet état.

Elle s'est levée et a ajouté une planche dans le foyer. Elle a tendu ses mains au-dessus des flammes avant de reprendre.

— Mon mari était de la révolte, comme ta sœur, j'imagine. On est restés ici, pas du bon côté, comme tu dis. Mon mari, il pensait qu'on pouvait faire la différence. Que si on était nombreux à rester, on aurait une chance de faire le poids. Mais il se trompait, tu vois. C'est les types comme toi qui avaient raison. Les planqués. Les pleutres. Ceux qui ont laissé les autres se sacrifier pour eux. Il avait aménagé la cave, avec des provisions. Un jour, il est parti et il n'est pas revenu. On est restées là, cachées toutes les deux. C'est ce qui nous a sauvées.

Le chien s'est avancé, il s'est allongé, la tête posée sur mon pied droit. Camille a souri en le voyant faire. Elle nous a rejoints. Elle lui a gratté le haut du crâne, a pris la parole à son tour.

— Comment il s'appelle ton chien ?

— Il n'a pas de nom.

— C'est dommage. Tu devrais trouver quelque chose. Félix par exemple, ça lui irait bien.

— C'est un nom de chat, Félix.

— Qui a décrété que c'était un nom de chat ? Moi je suis sûre que ça lui plairait bien que tu l'appelles comme ça.

— Pourquoi pas. Si ça vous fait plaisir à tous les deux.

Elle a souri et est retournée s'asseoir.

La nuit est tombée, nous sommes restés assis près du feu. Les deux femmes ne disaient rien, elles semblaient hypnotisées par les flammes. Tatiana avait posé son menton contre la crosse de son fusil, le canon calé dans les débris du sol. Ses bras pendaient le long de son corps comme deux grandes choses inertes. Camille, elle, changeait régulièrement de place. Elle se levait, faisait quelques mouvements pour se réchauffer avant de se rasseoir à côté de sa belle-sœur. Elles n'échangeaient pas un regard, pas un geste. Lorsque Camille bougeait, Tatiana levait les yeux au ciel et chuchotait deux, trois mots pour elle-même.

Je faisais comme si elles n'étaient pas là. Je remettais du bois dans le foyer, je faisais quelques pas. Par moments, je m'approchais de Pauline, m'assurais qu'elle respirait toujours et qu'elle n'était pas trop agitée. Je l'embrassais, je remettais sa couverture en place. La nuit était pesante. L'air semblait plus épais que jamais et m'encombrait les poumons. Une nuit qui voulait faire danser les angoisses, qui cherchait à nous imposer des cauchemars malgré l'insomnie.

Alors que mon visage commençait à sombrer vers le sol, j'ai eu le sentiment d'être observé. J'ai relevé la tête vers les deux intruses. Camille m'a fait un sourire et un signe de tête en direction de Tatiana. Cette dernière s'était endormie, la bouche ouverte, bavant contre son repose-tête de fortune. J'ai ri un peu, sans que je m'y attende. Les yeux de Camille se sont mis à briller. Elle a ri avec moi et Tatiana s'est réveillée dans un grommellement toujours incompréhensible. Elle nous a lancé un regard noir, s'est essuyé la bouche et a repris sa position, fixant le brasier devant elle. Quelques minutes après, elle dormait de nouveau et Camille m'a adressé un clin d'œil. Son sourire faisait apparaître deux fossettes au niveau de ses joues, deux virgules que je trouvais belles et qui donnaient envie d'être heureux de nouveau.

Camille jouait avec le chien dans la lumière pâle du début de journée. Elle lançait un morceau de bois, le plus loin possible. Elle poussait de petits cris de joie chaque fois qu'à la fin d'une course folle l'animal attrapait le projectile et se mettait à sautiller dans la poudreuse.

Je suivais le spectacle de loin, assis aux côtés de Pauline. Je venais de verser de l'eau entre ses lèvres, de lui débarbouiller le visage. Son pantalon sentait l'urine, il aurait fallu que je la nettoie et que je la change, mais je n'avais presque plus d'eau et aucun vêtement de rechange. Elle laissait échapper quelques mots, elle parlait de notre mère, d'un jardin. Je lui répondais, comme si elle s'adressait à moi, que nous avions une conversation. Comme si elle n'était pas en train de délirer sous le coup de la fièvre.

J'ai fini par me relever et suis allé rejoindre Camille qui s'était mise à courir autour de l'animal. Elle s'est arrêtée en me voyant approcher et s'est accroupie, cherchant à reprendre son souffle.

Je lui ai dit :

— Vous avez l'air de bien vous entendre tous les deux.

— Oui, je crois qu'il m'aime bien.

Le chien m'a rejoint, il s'est mis entre mes jambes, a commencé à mordiller ma chaussure. Il semblait surexcité. J'ai ajouté, affectant un air un peu circonspect :

— Toute une éducation à refaire.

Elle a ri et s'est laissée tomber en arrière, les bras écartés.

Le chien a foncé vers elle, s'est jeté sur sa poitrine et lui a léché le bas du visage avec enthousiasme. Elle s'est mise à crier, riant de plus belle. Puis il s'est attaqué au masque qui entourait ses yeux. Tirant dessus du bout de ses dents, le faisant descendre le long de son visage. Elle l'a repoussé comme elle pouvait et s'est mise debout. Elle avait les lunettes de travers, les cheveux en bataille, le masque pendait de son cou. J'ai eu envie de rire à mon tour. Elle s'est écriée, sa voix partant toujours plus haut dans les aigus :

— Je vois, vous vous liguez contre moi. Je ne suis pas fière de vous, les gars.

— Tu ne devrais pas crier comme ça, on ne sait pas qui peut traîner dans le coin. Et Tatiana, elle est où ?

Son visage a changé d'expression, en un instant elle a repris son sérieux. Elle a observé les alentours, une plaine sinistre et vide. Elle a haussé les épaules.

— Elle m'a dit qu'elle partait inspecter les décombres. Elle fait ça, des fois, elle part longtemps. Mais elle finit toujours par revenir.

J'ai retiré les chaussures de Pauline, puis son pantalon, sa culotte. Ses jambes étaient maigres, deux bâtons blancs recouverts d'ecchymoses, son sexe était enveloppé d'une fine toison de poils bruns, emmêlés les uns aux autres. Je ne l'avais pas vue nue depuis l'enfance. Je suis resté debout, à l'observer, ne sachant pas comment m'y prendre. Camille m'a poussé gentiment et s'est accroupie devant elle, un chiffon humide à la main. Elle a commencé à le faire glisser sur la peau souillée, avec beaucoup d'application. Elle prenait le temps de s'attarder dans le moindre repli, concentrée sur sa tâche. Elle lui a relevé les jambes, les tenant d'une main, par les chevilles. Elle les a maintenues en l'air, comme on le fait avec les bébés, afin de lui nettoyer l'entrecuisse. Lorsqu'elle a fini, j'ai défait la boucle de ma ceinture et j'ai retiré mon pantalon. Elle a rougi, a détourné le regard.

— Qu'est-ce que tu fais ?

— J'échange nos pantalons, elle ne peut pas garder celui-là. Il est plein de microbes.

— D'accord. Tu aurais pu attendre que je m'éloigne avant de faire ça.

Elle s'est levée lentement en secouant la tête d'un air consterné. Elle est partie, me laissant seul, et ma propre image s'est imposée à moi. Mes deux jambes nues, pâles et trop maigres, bleuies par la température, mon caleçon gris, rapiécé, à l'élastique détendu et qui tombait sur mes hanches, dévoilant les os saillants de mon bassin. Un corps dont il n'y avait pas de quoi être fier et que j'exhibais comme un enfant, sans avoir l'excuse de pouvoir imaginer être dans le jardin d'Éden. Je me suis senti ridicule.

Quelques heures plus tard, Tatiana est réapparue. Camille et moi étions assis côte à côte sur une poutre carrée. Occupés à sculpter de petits animaux, faisant glisser la pointe de nos lames sur des bûchettes humides. Camille semblait avoir l'habitude de l'exercice, elle taillait dans le bois avec assurance. Elle avait déjà fait naître un bel éléphant alors que je n'avais réussi à créer qu'une vague bête difforme. Ça l'a fait rire, elle a essayé de deviner de quoi il s'agissait, puis elle a posé un doigt sur son menton. Elle a fait mine de réfléchir pendant un temps, le front plissé, la bouche pincée comme une gosse qui réclamerait un baiser. Elle m'a finalement demandé si c'était le fruit d'un accouplement entre un chien obèse et une otarie. Je n'en ai pas pris ombrage et lui ai expliqué qu'elle ne comprenait rien à l'art abstrait, que je m'inspirais des plus grands et qu'un jour mon œuvre serait exposée dans les musées. J'ai réussi à oublier, durant quelques minutes. Je ne pensais plus à ce qu'étaient devenues nos existences, je ne pensais plus à Pauline qui mourait lentement à quelques mètres de là. J'étais concentré. Sur le morceau de bois que j'agrippais fermement et auquel j'essayais de donner un semblant de vie. Sur la jeune fille qui m'accompagnait, qui était à mes côtés et qui était vive et drôle, qui semblait faire comme si tout ce qui nous entourait n'existait pas. Juste nous, deux jeunes personnes qui passent le temps ensemble sans se soucier de rien. Elle a eu un bref mouvement de recul lorsqu'elle a aperçu Tatiana. Elle s'est tournée vers moi, m'a dit : « Ça y est, la fête est finie. » Et elle s'est levée. Sa belle-sœur s'est approchée, son fusil tenu à deux mains. Elle nous a toisés d'un air perplexe.

— Qu'est-ce que vous faites ?

Camille a caché l'éléphant au centre de sa paume. Elle a répondu :

— Rien, on s'occupe un peu.

Je me suis levé à mon tour, tenant mon animal hybride du bout des doigts, le couteau dans l'autre main. Tatiana a tendu lentement le canon de son fusil vers moi. Elle s'est adressée à Camille, d'une voix tremblante de rage.

— Tu te fous de moi ? Qu'est-ce qu'il fait avec ce couteau à la main ?

Elle n'a pas répliqué, elle a haussé les épaules en baissant la tête. Elle observait ses pieds enfouis. Tatiana m'a posé le canon contre la poitrine.

— Toi, laisse tomber cette lame au sol et retourne donc t'occuper de ta sœur. Camille, tu viens avec moi. J'ai des choses à te dire.

Je me suis exécuté et j'ai entendu une claque résonner alors que je m'éloignais.

Le soir venu, je suis allé m'allonger près de Pauline. Sa respiration semblait plus faible, plus lente. Je l'ai entourée de mes bras. Camille s'est couchée aussi, elle s'est glissée dans un sac de couchage à quelques mètres de nous. Je l'ai vue remettre son masque, s'envelopper le bas du visage dans un chiffon. Elle était si petite, si maigre. Elle avait complètement disparu dans le tissu rembourré, comme si un énorme serpent l'avait avalée en ne laissant que quelques mèches de cheveux sortir de sa gueule béante. Elle s'est mise à chanter, tout doucement, de sa voix fluette. Une chanson que je ne connaissais pas, qui avait une mélodie simple et joyeuse. Je me suis laissé emporter par la mélopée, imaginant qu'elle la chantait pour moi, que j'étais un enfant que l'on cherchait à calmer avant le sommeil. Ce n'était qu'une petite chanson de rien, mais ça me rentrait par les tympans et irradiait dans le corps, apaisant gentiment la douleur comme de l'aspirine. Sa voix semblait sur le point de se briser en permanence, de laisser échapper les sanglots ; mais elle s'entêtait pourtant, elle semblait s'être donné comme mission de venir à bout de la comptine.

Je me suis tourné vers Tatiana, elle était restée au coin du feu, son fusil sous le bras.

Les images, troubles et colorées, m'ont assailli dans le sommeil. J'ai vu les fantômes de tous mes proches, Pauline, rieuse, dansant au centre du déluge de feu, se réjouissant de la fin comme si c'était une délivrance. Elle levait les bras au ciel et tournoyait dans la tempête, une toupie de chair et de sang. J'ai vu Paul qui se relevait du matelas sur lequel je l'avais abandonné, faisant fi de son corps troué et sanguinolent, embrassant ses mains et lançant des baisers au plafond. Il criait de joie. Le soleil transperçait les persiennes et venait strier son visage de dizaines de traînées lumineuses dans lesquelles la poussière dansait. J'ai vu mon père dans son canapé, éructant des horreurs avec allégresse devant son poste de télévision, prenant à partie le fantôme de ma mère. Il gloussait de bonheur, il avait retrouvé sa place.

Et j'ai vu le corps de Camille, son corps blanc, elle qui dormait à quelques mètres de moi, qui était à la fois dans le duvet et dans ma tête. Elle était nue, traversait notre campement pour me retrouver. Ses seins, sa peau tendue par le froid, ses poils fins dressés par les frissons se dirigeaient vers moi. Elle s'approchait encore et encore jusqu'à me faire face. Elle laissait ensuite ses doigts fins courir sur ma peau, me fouillant, cherchant une arme que je ne possédais pas, jusqu'à finir par agripper mon sexe et l'enfouir entièrement dans sa bouche.

Je me suis réveillé dans la nuit. Camille était assise en tailleur, devant moi, son arme posée contre ses cuisses. Elle m'observait, silencieuse. Elle a posé un doigt contre ses lèvres, me signifiant de ne pas faire de bruit. Je me suis redressé, sa belle-sœur ne montait plus la garde, elle s'était couchée à son tour, dans leur unique sac de couchage. Camille s'est levée, elle m'a fait signe de la suivre. Nous nous sommes installés face à face, le foyer entre nous. Elle s'est frotté le visage de sa main gauche. J'ai remarqué qu'elle portait un reste de vernis écaillé sur certains de ses ongles. Elle m'a souri. Les flammes la rendaient plus jolie encore, elles donnaient une teinte orangée à sa peau.

— Il ne faut pas réveiller Tatiana. C'est mon tour de garde.

Elle a pris le temps de retirer le masque qui lui entourait les yeux avant de reprendre.

— Tu sais, elle avait raison hier.

— Elle avait raison sur quoi ?

— Quand elle te disait que tu devrais partir. Je ne voudrais pas te contrarier, mais si tu restes ici, tu es fini. Et je ne pense pas que c'est ce que ta sœur voudrait.

— Tu ne sais pas ce que Pauline voudrait.

— Si tu l'aimais autant que tu le laisses supposer, tu abrégerais ses souffrances et tu partirais. C'est le mieux que tu puisses faire.

Elle s'est levée et est venue s'asseoir à mes côtés, le parpaing sur lequel je me trouvais n'était pas large et j'ai senti son corps se serrer contre le mien. Elle a posé une main sur mon avant-bras en jetant un œil à sa belle-sœur assoupie. Elle s'est penchée vers mon oreille, a commencé à chuchoter.

— Ne te braque pas, j'essaie juste d'être ton amie.

J'ai hésité un instant à m'écarter d'elle. À retourner m'allonger près de Pauline. J'ai répondu :

— Tu penses que c'est encore possible ? d'avoir des amis ? Tous ceux que j'avais sont partis jouer au soldat dans ce quartier, et il n'en reste pas un seul de vivant. Il ne me reste que ma sœur, je n'ai personne d'autre. À part ce chien un peu pouilleux. Je n'ai pas besoin d'amis, je n'ai pas besoin de conseils. J'ai besoin de sortir ma sœur de ce merdier et de la remettre sur pied. C'est tout.

Elle s'est relevée. Elle est restée un instant face au feu, me tournant le dos. Je voyais sa silhouette ténue se faire avaler par la lumière des flammes. Un filament au centre d'une ampoule, prêt à lâcher à tout instant. Elle a parlé finalement, sans se retourner. Le son de sa voix recouvert, par moments, par le crépitement du bois.

— Tu as mis du miel sur sa blessure, c'est ça ? Comme antiseptique ?

— Oui, c'est tout ce que j'ai pu faire. Je n'ai même pas de quoi refaire un pansement.

— Tu peux mettre de l'ail sur la plaie, ça fonctionne bien aussi. Il y en a une gousse dans le sac de Tatiana. Il doit me rester une bande propre. Ça ne la sauvera pas, mais ça pourra peut-être retarder un peu la septicémie. Et encore, ce n'est pas certain que ça marche. On peut essayer. Mais il ne faut pas que Tatiana le sache, d'accord ?

J'ai attendu un instant avant de poser ma main sur la sienne pour la serrer fort, sans réfléchir.

— Merci, Camille, merci beaucoup.

— Reste là, je vais m'en occuper. Je n'en ai pas pour longtemps.

Elle a sorti une lampe de sa poche et j'ai observé le faisceau lumineux avancer lentement jusqu'au sac de Tatiana. Il s'est éteint un instant alors que je pouvais entendre Camille qui fouillait discrètement dans les affaires de sa belle-sœur. Puis il s'est rallumé et s'est dirigé jusqu'à la couche de Pauline.

Elle a fini par me rejoindre près du feu. Elle s'est rassise sans rien dire, à côté de moi, sur le même parpaing trop étroit pour réellement soutenir nos deux postérieurs. Elle s'est penchée vers le sol et a ramassé une brindille qui traînait là, elle a joué avec pendant un temps, la faisant tourner entre ses doigts, grattant un peu le vernis écaillé de ses ongles. Elle a fini par poser sa tête contre mon épaule en disant :

— Je crois que j'ai froid.

J'ai souri un instant. Elle me plaisait, j'avais de la chance de l'avoir rencontrée, même dans ces circonstances. Je m'en suis voulu un peu de lui avoir dit que je n'avais pas besoin d'amis, de conseils. Je savais que ce n'était pas vrai et j'étais heureux de la sentir contre moi, j'étais heureux qu'elle veuille être mon amie. Je lui ai répondu :

— Rapprochons-nous du feu.

— J'ai un peu froid, mais ça va. Je préfère qu'on reste là, je suis bien.

— Tu veux mon blouson ?

— Non, c'est toi qui vas avoir froid si je le prends. Ce sera pas mieux.

— Je ne sais pas quoi te dire, alors.

Elle s'est tue un instant, a bougé un peu sa tête, appuyant sa joue plus fortement contre mon épaule. Elle a repris :

— C'est tout ce que tu as en stock ? comme propositions ?

— Je sais pas. Si tu as vraiment froid on pourrait trouver autre chose.

— On pourrait trouver autre chose ?

— On pourrait aller s'allonger. On aurait moins froid dans un duvet, par exemple.

Elle a ricané gentiment et je me suis demandé si elle se moquait de moi. J'ai senti le sang me monter à la tête, rougissant comme un adolescent, légèrement vexé par sa réaction dont je n'arrivais pas à déchiffrer le sens. Elle a attendu, me laissant mariner longuement avant de répondre :

— Je crois que c'est la meilleure de tes trois propositions, oui.

Elle s'est levée, a frotté un peu ses fesses du plat de la main. Elle m'a fait un sourire et s'est dirigée vers mon duvet.

Il n'y avait que très peu de place dans le tissu rembourré et je lui ai mis un léger coup de coude sur le front en me glissant contre elle. On a ri un peu. Elle m'a demandé de faire attention, de ne pas faire de bruit. Elle s'est lovée contre moi, nos deux visages séparés de quelques centimètres, se faisant face sans que nous puissions les distinguer. J'ai passé une main dans ses cheveux. Ils semblaient épais, collés les uns aux autres par endroits, de petites agglomérations sur lesquelles j'ai commencé à m'attarder, les triturant lentement avec les doigts, tentant de les démêler. J'ai senti ses lèvres déposer un baiser contre mes paupières sans que je sache si c'était leur cible initiale ou si elles cherchaient ma bouche. Elle m'a embrassé encore. Sur l'arête du nez, sur les joues. Elle avait les lèvres gercées et je sentais les craquelures sèches qui entraient timidement en contact avec ma peau. Elle a fini par trouver mes lèvres et nous nous sommes embrassés longuement, nous agrippant l'un à l'autre comme deux marins s'agripperaient au bastingage, au centre de la tempête. Elle a saisi ma main droite, l'a caressée un temps, faisant glisser son pouce le long de mes veines. Puis elle l'a saisie plus fermement et l'a guidée jusque dans sa culotte. J'ai glissé un doigt en elle, doucement. Son sexe était chaud et humide et je me suis dit que mes mains étaient bien trop sales pour empiéter sur ce territoire. Elle a poussé un léger soupir, m'a demandé de continuer, lentement. Elle m'a demandé d'être doux. Puis elle a défait ma ceinture, d'une main, s'y reprenant à plusieurs fois alors que je continuais de la caresser. Elle a mis de la salive contre sa paume et a saisi mon sexe. Je sentais ses doigts fins qui faisaient des va-et-vient, lentement puis plus rapidement à mesure que nos respirations s'accéléraient et que la couche se trempait de sueur. J'aurais voulu que ça dure indéfiniment, mais j'ai joui, rapidement. Je me suis excusé, sans trop savoir si c'était approprié. Elle m'a dit de ne pas m'en faire. Elle m'a dit de continuer à la toucher, elle m'a dit « un peu plus vite ». Elle m'a dit « un peu moins haut, oui voilà, parfait. Continue. » Elle m'a dit « Tu fais ça bien ». Elle a fini par jouir à son tour et nous nous sommes serrés longuement dans les bras. Elle a semblé s'endormir rapidement, son souffle devenant plus lent, son étreinte moins appuyée. J'étais épuisé, mais je ne voulais pas m'abandonner au sommeil à mon tour, pas aussi vite. Je voulais profiter de sa présence, de son corps chaud contre le mien, de cette douceur qui m'était offerte et que je n'avais pas ressentie depuis trop longtemps. Je lui ai caressé les cheveux, encore, j'ai embrassé ses yeux clos, le plus délicatement possible, pour ne pas la réveiller.

C'était presque douloureux d'éprouver un tel bien-être, ça me ramenait à tous ces mois de souffrance, de solitude. Ça me ramenait à une vie révolue, celle où j'aurais accepté la félicité avec flegme, ne réalisant pas à quel point le moment était précieux.

Je me suis réveillé alors que le jour commençait à se lever. Camille était retournée dormir dans son sac de couchage et Tatiana avait repris son tour de garde. Assise près des braises fumantes, elle fixait l'horizon, les deux mains cramponnées à son fusil. Je ne me suis pas levé immédiatement. J'ai pris le temps de me remémorer chaque détail de la nuit. J'ai inspiré le polyester, à côté de moi, là où Camille avait posé sa tête. Il avait conservé la fragrance fumée de ses cheveux. J'ai enfoui ma tête à l'intérieur de la poche de tissu et j'ai continué à inspirer, le plus possible, jusqu'à ce que mon odorat s'habitue et que je ne distingue plus ces odeurs dans lesquelles je tentais de me perdre.

J'ai fini par me lever et me suis dirigé vers Pauline. J'ai inspecté le pansement que lui avait confectionné Camille. Il était bien posé, enroulé autour de sa taille. Je voyais les lamelles d'ail qui formaient des monticules sous le bandage, autour de la plaie. J'ai embrassé son front, il était brûlant. J'ai essayé de lui dire quelques mots, de voir si elle pourrait réagir. Elle s'est contentée de faire trembler un peu ses paupières, de tordre ses lèvres en une grimace étrange. J'ai introduit deux doigts dans sa bouche, la forçant à desserrer la mâchoire et je l'ai fait boire autant que possible, par petites lampées. La tristesse m'enveloppait, comme un manteau rugueux et trop serré, qui compresse le corps et empêche de bien respirer. Je ne pouvais pas retrouver enfin Pauline pour la perdre de nouveau, si rapidement, si injustement.

Je suis resté auprès d'elle, attendant que la matinée se passe. Je lui ai parlé longuement. Je lui ai raconté des histoires sur ce que nous ferions une fois que nous serions rentrés chez nous. Je lui ai dit que nous fêterions ça avec du champagne, qu'il en restait une bouteille dans le meuble de notre père. Je lui ai dit que parfois l'électricité revenait et qu'alors nous mettrions la musique à fond et que nous nous soûlerions en chantant de mauvaises chansons qui nous feraient rire. Que nous danserions tout nus dans chaque pièce de l'appartement, comme lorsque nous étions enfants. Que nous hurlerions des insanités par la fenêtre et que ça ferait peur aux gamins qui traînaient en bas de l'immeuble. Et que ça nous ferait rire aussi, que l'on se cacherait pour ne pas se faire repérer et que l'on recommencerait encore et encore. Que l'on mettrait des bougies partout, sur chaque meuble et qu'on les allumerait toutes le soir venu. Que l'on aurait l'impression d'être à Versailles et que, du coup, l'on sortirait le vieux coffret des couverts en argent et que l'on mangerait de bonnes choses. Que je lui cuisinerais des mets formidables et que pendant que je serais aux fourneaux, elle n'aurait qu'à lire des livres, que la bibliothèque en était pleine et que lire, elle avait toujours aimé ça. J'ai fini par me taire et je me suis allongé à ses côtés. J'ai posé ma tête contre sa poitrine, j'ai soulevé sa main et l'ai placée sur le haut de mon crâne. J'ai imaginé qu'elle était consciente, qu'elle cherchait à me consoler. Qu'elle était finalement remise et que c'était à son tour de s'occuper de moi.

J'étais encore allongé contre Pauline lorsque j'ai entendu un cri, venant du centre du campement, là où il y avait le feu. Je me suis redressé rapidement, sur mes gardes, et j'ai pu voir les silhouettes des deux femmes. Camille semblait être au sol, Tatiana la menaçant de son fusil. J'ai hésité pendant un temps à me rallonger, à les laisser se débrouiller entre elles. J'ai essayé de me convaincre que leurs histoires de famille ne me concernaient pas, que tout ça n'était rien d'autre qu'une bête anicroche dans une relation qui semblait trop tumultueuse. Il fallait que je me concentre sur Pauline, sur ce qu'il restait de ma propre famille. Que je laisse tout ce qui pouvait polluer mon esprit de côté. Puis, pendant quelques secondes, la nuit que je venais de passer m'est apparue. La chaleur, la peau, le corps blanc qui se mêlait au mien. La tendresse aussi, la tendresse qui m'avait tellement manqué et qui m'était revenue comme un coup de poing dans l'estomac. J'ai avancé vers les deux femmes en me disant que j'étais stupide, que j'aurais dû enfouir ma tête dans les couvertures de Pauline jusqu'à ce que ça passe. Me boucher les oreilles s'il le fallait. Je suis arrivé face à elles et Tatiana a fait volte-face, brandissant le canon vers moi. J'ai demandé :

— Qu'est-ce qu'il se passe ?

Elle s'est déplacée de quelques pas, a posé le tube métallique contre ma poitrine et l'a appuyé avec force, comme si elle cherchait à me transpercer. Elle était cramoisie par la colère et des larmes semblaient envahir ses yeux. Elle m'a répondu, d'une voix tremblante :

— Toi tu fermes ta gueule, d'accord ? Retourne t'occuper de ta mourante avant que je nous débarrasse une bonne fois pour toutes de toi.

Je n'ai rien répondu, je me suis contenté d'observer Camille qui semblait sonnée et avait du mal à se relever. Puis j'ai poussé lentement le canon vers la gauche et me suis approché d'elle. Elle a saisi la main que je lui tendais, s'est remise sur pied. Elle avait la pommette enflée et un peu de sang perlait de son nez. Tatiana s'est assise au sol, les épaules tombantes, à moitié affalée dans la poussière. Son corps semblait pris de légers spasmes et elle s'est mise à parler tout bas, d'une voix enrouée par les sanglots :

— Vous croyez que je ne le vois pas votre manège, hein ? Vous pensez que je ne vois pas à quel point vous me prenez pour une conne ? Tout ce que vous faites derrière mon dos, vos cochonneries, vos petits complots. Ordures que vous êtes. Ordures, ordures, ordures que vous êtes.

Camille s'est essuyé le nez de la main, étalant le mince filet de sang qui s'en échappait sur ses lèvres et son menton. Elle m'a souri et est allée s'accroupir face à sa belle-sœur. Elle l'a prise dans ses bras et a commencé à la bercer lentement contre sa poitrine, lui chuchotant des choses que je ne pouvais pas entendre.

L'après-midi est passé sans que je m'en aperçoive réellement. Je suis resté avec Pauline, scrutant les grimaces qui se succédaient sur son visage, espérant à chaque soubresaut de paupière que c'était fini, qu'elle était rétablie, qu'elle avait réussi à vaincre la fièvre. Le chien était à nos côtés. Il dormait, la tête posée sur la couverture, attendant que je daigne me relever et m'occuper un peu de lui. Le soleil, rond, pâle, à peine visible derrière la nébulosité, commençait à descendre lentement. La nuit serait là avant même que nous ayons eu le temps de nous dire que la journée avait eu lieu et qu'elle s'était écoulée à la même vitesse que toutes les autres.

Je me suis mis debout, prenant le soin de bien couvrir Pauline pour la nuit. J'ai entrepris de traverser les quelques mètres qui me séparaient du centre du campement, avec l'idée de relancer le feu. Je suis passé devant la couche de Tatiana. Elle dormait, lançant ses ronflements dans la pénombre naissante. J'ai continué, le chien sautillant entre mes jambes, cherchant à se défouler un peu après son long sommeil et je suis arrivé. Camille était déjà là. Elle s'affairait autour du foyer. Elle avait mis quelques bûches et brindilles au centre du rond calciné et, la tête collée au monticule de bois, elle soufflait doucement sur un morceau de journal qu'elle venait probablement d'allumer. Des flammes ont commencé à s'élever, crépitantes, envoyant des débris incandescents alentour. Elle s'est relevée rapidement et s'est reculée de deux pas, contemplant le fruit de ses efforts, la frénésie lumineuse qui commençait à s'élever vers le ciel sombre. Je me suis assis sur un bloc de bois, derrière elle.

Je lui ai dit :

— Tu fais ça bien.

Elle a sursauté, a poussé un cri en se retournant brusquement. Puis elle s'est reprise et s'est mise à parler tout bas, essayant d'exprimer son exaspération tout en chuchotant.

— T'es fou. J'ai failli faire un arrêt cardiaque. Tu crois pas qu'on pourrait éviter ce genre de blagues, étant donné les circonstances ?

— Excuse-moi. Je pensais que tu m'avais entendu arriver.

Elle a fait quelques pas, s'est assise sur le même parpaing que la veille et m'a fait un signe de la main pour que je la rejoigne. Elle semblait nerveuse, observait la couche de sa belle-sœur, du coin de l'œil. Voyant que je ne bougeais pas, elle a insisté, appuyant son geste dans les airs de façon plus énergique et mimant avec sa bouche « Viens ! », sans réellement faire sortir les sons. Je me suis exécuté et elle a enserré mon avant-bras de ses doigts. Elle a chuchoté :

— Tatiana me fait peur. Elle n'était pas comme ça avant, mais je crois qu'elle est devenue folle. Tout ce temps enfermée avec presque rien pour survivre et mon frère qui ne revenait pas. Le bruit des explosions au-dessus de nous, les gens qu'on ne reverrait jamais. Tu vois de quoi je veux parler ? C'est moi qui l'ai forcée à sortir, qui ai insisté pour que l'on quitte notre cachette, que l'on tente notre chance dehors même si je savais que c'était une condamnation certaine. Je me suis dit que c'était la seule solution pour ne pas la perdre complètement, je pensais que ça s'arrangerait une fois sortie, qu'elle reviendrait sûrement un peu à la raison. Mais je crois que c'est encore pire que lorsqu'on était enfermées, chaque jour elle m'effraie davantage. Je vais être franche, à tout moment elle peut te mettre une balle entre les deux yeux, sans raison. Je l'ai déjà vue faire.

Je me suis écarté un peu d'elle, faisant mine de jeter quelques brindilles dans les braises. Elle ne s'est pas laissé démonter et s'est approchée de nouveau, collant son corps sec contre le mien avec plus d'audace encore.

— Où est-ce que tu veux en venir ?

— J'ai beaucoup réfléchi cet après-midi, pendant que tu étais avec ta sœur.

— Et ?

— On se connaît à peine, mais j'ai le sentiment qu'on peut se comprendre. Est-ce que je peux te faire confiance, Hugo ?

J'ai hésité longuement avant de répondre, surpris par la tournure que prenait la conversation. Je me suis dit que cette fille était définitivement singulière. Elle faisait preuve d'une candeur obstinée dans un environnement qui ne pouvait pas moins s'y prêter. Cela provoquait des sentiments confus en moi. Elle me touchait, son comportement, cette façon de sembler ne pas réaliser, d'écarter ce qui se tramait autour de nous. Je me doutais que tout cela était feint, qu'elle cherchait à détourner mon attention et la sienne. Elle devait, très certainement, être autant, peut-être même plus désespérée que nous tous. Mais je préférais ne pas trop y songer. Cette manière qu'elle avait de rester au monde, cette compagnie légère, était la seule chose qui m'avait permis de m'évader un tant soit peu, de me sentir vivant, depuis longtemps. Je n'arrivais pas à me concentrer comme je l'aurais voulu, le sommeil engourdissait mon esprit.

— Je ne sais pas ce que ça change, que tu puisses me faire confiance. Mais je vais te dire oui, j'imagine que tu peux.

— Alors écoute-moi bien et prends une décision rapide, parce qu'on n'a pas beaucoup de temps. Voilà ce que je propose. On s'occupe d'eux. Toi de Tatiana, moi de ta sœur qui souffre pour rien. C'est le mieux que l'on puisse faire pour elle. Je suis désolée. Mais tu le sais déjà, dans le fond. Tu le sais. On s'en occupe et on part tous les deux. On prend ce qu'il reste de vivres, les armes et on part, on passe la frontière. Si tu es venu depuis l'autre côté, comme tu le dis, c'est que tu as déjà franchi les barricades, il suffira de le refaire en sens inverse.

Elle a resserré ses doigts sur mon bras, a plongé ses yeux dans les miens. Elle était belle, elle avait les iris clairs et les flammes dansaient sur les carreaux de ses lunettes. J'ai eu envie de l'embrasser malgré la situation, malgré la fatigue et la tristesse qui me courbaient le dos.

— Je suis certaine qu'on s'en sortira tous les deux. Je le sens.

Je n'ai rien répondu et elle a fini par détourner le regard. Elle s'est redressée lentement, relâchant son étreinte et s'est approchée du feu. Elle a repris la parole, doucement, presque comme si elle parlait pour elle-même, me tournant le dos, le visage vers les flammes.

— Je vais aller chercher ma gourde, je crois que j'ai soif. Je te laisse réfléchir à ce que je viens de dire. Je reviendrai plus tard.

Elle est partie, m'abandonnant à la tristesse. Je me suis tourné vers la couche de Pauline, au loin. Je ne parvenais pas à l'apercevoir, mais j'imaginais sa poitrine qui montait et descendait bien trop lentement sous les couvertures, ses grimaces de douleur aussi, son front ruisselant de fièvre. J'ai frotté longuement mes yeux qui me brûlaient avant d'arriver à prendre une décision.

Pauline

Il y avait des ombres qui s'agitaient autour des flammes. Des fantômes, attirés comme des insectes nocturnes par la source de lumière. Ils s'excitaient autour des braises, menant leur danse folle, bourdonnant de toutes leurs forces et cherchant à atteindre le cœur du rayonnement. Je pouvais les sentir, les effluves acides qu'ils renvoyaient jusqu'à mes narines. Je ne voulais pas qu'ils me trouvent, rendus fous par cette lumière inaccessible, qu'ils soulagent leur frustration en se rabattant sur moi.

Hugo

Nous nous tenions debout, droits, Camille et moi, chacun face à un corps endormi. Nos pieds enfoncés comme des piquets dans le sol meuble. Le canon de mon pistolet pointé vers le visage de Tatiana, celui de son fusil, quelques mètres à ma gauche, pointé sur le cœur de Pauline. Nous nous observions, les jambes flageolantes, le cœur serré et de la sueur ruisselant de nos fronts malgré le froid. Le chien s'est approché de Pauline, il a couiné un peu et est parti se fondre dans l'obscurité. Ma main tremblait. Camille a levé trois doigts au ciel. Elle en a baissé un. Puis un second. Les coups de feu ont retenti.

Tatiana était morte sur le coup. La balle l'avait atteinte au front, elle avait eu le temps de se réveiller. Son visage était figé en une grimace d'effroi. Camille bougeait encore, j'avais déchargé son fusil lorsque j'étais seul, près du feu, et elle agrippait toujours l'arme de sa main droite, elle semblait perdue, interloquée de la tournure prise par les événements. Elle était sur le dos, les bras en croix, comme une enfant qui chercherait à faire l'ange en s'agitant dans la poudreuse fraîche. Je me suis approché d'elle. Elle a toussé un peu, laissant échapper un filet de sang de ses lèvres. Elle a prononcé quelques mots, d'une voix déjà éteinte :

— Tu m'avais dit que je pouvais te faire confiance.

Je me suis baissé. Je lui ai caressé le front, avec douceur. Et, mon canon appuyé contre son cœur, j'ai pressé la détente pour la troisième fois. Je me suis approché de Pauline, j'ai embrassé son visage, longuement. J'ai pleuré un peu. En me redressant, j'ai aperçu les yeux du chien dans la nuit, il nous observait à distance. Deux billes noires qui reflétaient la faible lumière du foyer.

J'ai eu envie de hurler, encore une fois, de me rendre animal, de pousser un cri de douleur lugubre dans la nuit, qui serait étouffé par le paysage cotonneux qui nous entourait. Je n'en avais plus la force, je n'avais plus la force de rien, je me suis allongé près de Pauline et je lui ai murmuré des « pardon » qui étaient adressés à Camille.

J'ai pris les sacs des deux femmes et j'ai déversé leur contenu devant moi. Il y avait un peu de nourriture, de quoi tenir quelques jours, des fruits secs, de la viande fumée. Quelques bouteilles d'eau aussi. Les poches latérales étaient remplies de munitions. J'ai remis l'ensemble dans un des sacs. Je me suis dirigé vers Tatiana, j'ai inspecté ses poches. Je n'y ai trouvé que des choses sans intérêt, une photo d'enfant, quelques morceaux de tissu crasseux. J'allais me relever lorsque j'ai senti un renflement contre sa poitrine. J'ai ouvert sa veste et, plongeant ma main contre son torse froid, j'en ai extirpé une pochette en toile plastifiée. À l'intérieur il y avait une bouteille d'alcool et un rouleau de gaze, quelques cachets aux couleurs diverses aussi. Je suis retourné près de Pauline, la poche contenant les médicaments toujours à la main. Je me suis penché vers elle, je lui ai dit « On va rester ici quelques jours encore. Je vais te remettre sur pied. Tu es obligée maintenant, tu es obligée de te remettre, d'accord ? Tu n'as plus le choix. On va se faire discrets et tu vas regagner des forces. Et dès que tu iras un peu mieux, on reprendra la route ».

Je l'ai observée encore un instant, avec un mélange de colère et de tristesse qui me donnait la nausée. Son corps sans réaction, à peine un vague mouvement de la cage thoracique, fébrile, qui élevait sa poitrine. J'ai eu envie de la saisir par les épaules et de la secouer. De lui hurler que tout était de sa faute, que c'était elle qui avait choisi de partir, de se retrouver au centre de l'horreur, avec stupidité, inconscience, égoïsme. Qu'elle m'avait entraîné vers la mort, vers le sacrifice, plongé dans une cavité sombre, sans fond, dont l'humidité me gâtait le corps sans relâche, et qu'elle en était détestable, que je la détestais de n'être qu'une gamine idiote, un fardeau. Je me suis laissé tomber à ses côtés et je l'ai embrassée.

Pauline

Je me suis réveillée au son du crépitement d'un feu. Le chien de Hugo était allongé le long de ma jambe droite, il dormait, le museau enfoui dans un pan de mon pantalon. J'avais trop chaud et ma gorge me brûlait, mais je sentais que la fièvre était moins présente, je reprenais lentement contact avec le monde qui m'entourait. Je me suis redressée avec difficulté, prenant appui sur les coudes.

J'étais allongée sur le brancard avec lequel Hugo m'avait transportée, les planches et le tissu rafistolé qui glissaient difficilement sur le sol meuble, s'embourbant sans arrêt, le forçant à faire des pauses pour me dégager de l'amas de débris qui se formait sous mon corps. Il avait tiré dessus toute la journée, s'était échiné à nous faire avancer malgré la fatigue et le tee-shirt trempé de sueur qui lui collait au visage et gênait sa respiration. Il était assis, face à moi, le regard perdu dans les flammes. Il tenait un médaillon jaune dans sa main, pendu au bout d'une chaîne. Il le faisait tournoyer sans y prêter attention.

— Ça va, Hugo ?

Il a eu un mouvement brusque au son de ma voix. Il paraissait gêné que je le surprenne dans cette position. Il m'a souri, a glissé le médaillon dans une poche.

— Comment tu te sens ? Tu as repris quelques couleurs, c'est bien.

— Je ne sais pas. On dirait que les cachets font effet, mais je ne sens plus mes jambes. Je ne peux plus les bouger.

Il s'est levé et est venu s'asseoir près de moi. Il a posé deux doigts sur mon front, comme le faisait notre mère lorsque nous simulions une grippe ou une angine, les jours d'école. Puis il m'a pris la main, l'a inspectée de façon théâtrale, amenant son œil à quelques centimètres de ma paume avant de dire :

— Je pense que tu m'as attrapé un mauvais virus. Le virus de la main poilue. Je vais aller chercher un rasoir pour te débarrasser de ce vilain poil.

On a ricané un peu, au souvenir de la tirade que nous servait régulièrement notre mère, puis il m'a passé une gourde.

— Bois un peu et essaie de te rendormir. Il faudra être en forme demain si on veut passer de l'autre côté.

Je me suis laissée retomber sur la civière et j'ai posé une main sur le corps du chien. Il avait le poil rêche, collé par la boue au niveau de son ventre. Je sentais ses côtes saillantes se soulever à mesure qu'il respirait. Il a bougé un peu, cherchant à s'enfouir le plus possible dans le tissu de mon pantalon, puis il s'est rendormi. Par instants, il faisait bouger ses pattes, des tressaillements sûrement dus à des rêves qui lui taraudaient l'esprit. Il devait s'imaginer courant dans des champs d'herbe, essayant d'attraper chaque insecte vrombissant à coups de crocs dans le vide, reniflant toutes les odeurs corporelles que d'autres animaux avaient laissées au sol avant lui. Je l'ai envié un instant. Moi aussi j'aurais aimé faire de beaux rêves, des rêves qui nous emportent loin d'ici, dans un endroit aux couleurs rutilantes où nous aurions flotté lentement, Hugo et moi, sans nous soucier d'un éventuel lendemain. Que nous y retrouvions notre mère, comme je le faisais régulièrement lorsque j'étais endormie. Qu'elle soit au loin, d'abord, une forme trouble, à peine une silhouette esquissée au crayon à mine. Et qu'il la reconnaisse avant moi, qu'il me dise « Je crois que c'est maman », d'un air un peu stupéfait. Que je trouve ça normal qu'il la distingue en premier, que je me dise qu'il l'avait connue plus longuement, qu'il était un peu plus âgé lorsqu'elle était partie et qu'il devait avoir plus de souvenirs concrets. Qu'il se jette dans ses bras et qu'il lui parle tout bas, qu'il bafouille légèrement, qu'il lui dise qu'il était désolé de l'avoir oubliée si souvent, d'avoir fait comme si elle n'avait pas existé, parfois. Qu'il lui dise qu'il n'avait pas eu le choix, que ça aurait été trop dur sinon, qu'il avait fait ce qu'il avait pu pour supporter. Et qu'elle lui réponde que ce n'était pas grave, que rien de tout ça n'avait d'importance. Que nous étions ensemble maintenant, de nouveau, et qu'elle le remerciait de s'être si bien occupé de notre père.

Hugo

Je me suis assuré que Pauline s'était rendormie. J'ai éteint le feu et ai déposé une couverture en plus sur son corps et sur celui du chien. Je me suis lancé dans la nuit, me dirigeant vers le halo lumineux qui éclairait faiblement le ciel à quelques centaines de mètres de notre campement. J'ai marché lentement, sans faire de bruit, prêtant attention au moindre son qui pourrait me mettre en alerte. Finalement, j'ai aperçu la clôture. Des lampes à gaz étaient installées en haut de la muraille, tous les dix mètres environ, dessinant une courbe lumineuse sans fin barrant l'horizon. L'unique accès, bloqué par le passage à niveau que j'avais franchi pour venir, était gardé par trois hommes. Ils semblaient stoïques, observant le vide alentour dans la semi-pénombre. Près d'eux, de chaque côté de la barrière, étaient installés de gigantesques feux de camp dont les flammes semblaient vouloir lécher les étoiles. Je me suis assis derrière un monticule de cendres, sans que je puisse distinguer ce qui le composait. Quelques briques recouvertes ? Un pan de mur brûlé ? Un empilement de cadavres ?

Peu m'importait, il me permettait d'observer notre destination sans me faire remarquer. J'ai sorti le médaillon en or, je l'avais détaché du cou de Camille avant de recouvrir son corps. Je l'ai tripoté machinalement, comme je l'avais fait régulièrement depuis deux jours. La relique infernale qui me ramenait à elle. Un petit pendentif ovale, sur lequel était gravée l'image de saint Christophe portant l'Enfant Jésus. Le saint patron des voyageurs qui n'avait pas su la prémunir contre le bourreau que j'étais devenu ni contre la balle que je lui avais enfouie dans le cœur. Je me suis demandé si elle croyait en ces fables, s'il lui était arrivé de prier en silence, dans la pénombre, alors que j'étais à ses côtés, ses mains jointes sous le tissu rembourré du duvet, le cœur entier voué au ciel pesant. Avait-elle supplié son dieu de lui venir en aide, lui avait-elle demandé de lui pardonner ses offenses ?

Et dans ses derniers instants, alors que je tenais ma main tremblante sur son corps devenu inerte, avait-elle demandé « Père, pardonne-lui car il ne sait pas ce qu'il fait » ?

Je savais ce que je faisais, je ne le savais que trop bien.

Je ne voulais pas de Son pardon.

Je ne voulais pas d'absolution.

Qui pouvait encore avoir la prétention de se considérer pécheur quand la vie ne laissait plus que le choix de tuer ?

Je n'avais aucune idée, aucun plan en tête. Nous n'étions que deux, Pauline ne pouvait pas marcher, et nous n'étions armés que d'un simple pistolet et du fusil de chasse de Camille que j'avais emporté avec moi. Nous ne pouvions rien face aux gardes lourdement équipés, occupés à surveiller le moindre mouvement, en permanence. Il y avait les mines aussi, disséminées autour de la muraille, ces pièges explosifs qui nous réduiraient en tas de chair, qui empêcheraient la moindre tentative d'escalade. Il fallait passer par les barrières, c'était le seul point de sortie, mais c'était impossible. À moins de vouloir finir comme Paul, le corps changé en dentelle, les vêtements gorgés de notre propre sang. J'ai levé la tête vers le ciel, j'ai observé la voûte criblée de milliers de points étincelants. J'ai pensé à Camille, encore, son image ne me quittait plus. Ses derniers mots, les bulles de sang qui s'étaient formées sous ses narines alors qu'elle prenait sa dernière inspiration, son rictus final que je n'arrivais pas à définir, qui avait pris la forme d'un sourire sans que je sache s'il était bienveillant ou s'il n'était qu'un dernier geste pour me signifier son mépris. Son médaillon était toujours au cœur de ma paume, il semblait devenir brûlant à mesure que l'espoir d'une échappée s'amenuisait. Je l'ai serré plus fort, jusqu'à en avoir mal, puis, sous le coup de la colère, je l'ai jeté au loin, vers les gardes. Je ne l'ai pas vu voler dans la nuit, n'ai entendu aucun bruit indiquant qu'il avait atteint le sol. Il avait disparu, sans le faire savoir, tout comme nous disparaîtrions le moment venu.

Je me suis allongé au sol et l'accablement m'a envahi. Nous n'y arriverions pas, j'en avais maintenant la certitude. Je ne sauverais pas Pauline. Elle était condamnée, comme toutes les personnes qui avaient eu l'audace de se laisser enfermer dans le quartier. Qui étais-je pour prétendre changer quoi que ce soit à cela ? Qui étais-je pour penser un seul instant que je pourrais modifier la destinée à notre avantage ?

Une bourrasque m'a fouetté le visage, je n'avais pas mis mes lunettes de protection et quelques poussières se sont logées dans mes yeux, m'éraflant la cornée. Ça m'a fait penser aux vacances, à ma sœur. Ma Pauline. Lorsque nous étions enfants, que nous allions à la plage durant l'été, il n'était pas rare que je lui mette la tête dans le sable. Les petits cailloux s'engouffraient dans ses yeux, ses narines, sa trachée. Parfois je l'étouffais quasiment et elle bavait et pleurait en courant jusqu'à l'eau pour se rincer. La nuit suivante il lui arrivait de me rejoindre, et elle me faisait promettre de ne pas recommencer le lendemain, mais rien n'y faisait, c'était plus fort que moi. Je pensais à ça, à ces images de l'enfance et mon esprit a commencé à divaguer. Les souvenirs se sont changés en fantasmes, en images qui n'avaient jamais existé ailleurs qu'à cet instant, ici, dans mon esprit embrumé par le froid et la fatigue. J'ai vu Pauline, enveloppée de son corps d'adulte, au centre des flots. Elle avait froid, elle était nue. Sa peau était ferme, bleuie, elle n'avait pas peur de la houle qui la caressait. Elle se rendait bien compte qu'il était vicieux cet océan, qu'il en profitait pour la tripoter tranquillement, mais elle ne disait rien, elle semblait même en retirer un certain plaisir. Elle avait les cheveux détachés, plus blonds qu'à l'accoutumée, tombant sur ses épaules en deux grandes cascades étincelantes. Ce n'était pas une teinture, je le voyais bien, c'était sa couleur naturelle qui était passée du brun au doré, comme par magie, et ça ne me choquait pas plus que ça après tout, puisque j'étais parti dans le royaume des aberrations. Elle me regardait, j'étais le centre de ce monde, j'étais Dieu tout-puissant et cet univers tournait tout autour de moi, uniquement pour moi. Elle faisait demi-tour et les vaguelettes lui mordillaient les hanches, elles rongeaient dans la chair et faisaient un festin de sa peau ivoire. Ce corps, c'était une tache de lait insoluble au milieu de milliers de gouttes d'eau. Je l'appelais. Je lui disais « Pauline, reviens, c'est dangereux par là-bas, reviens vers moi ». Mais elle ne m'écoutait pas et elle avançait vers le néant, irrémédiablement. L'eau lui ensevelissait déjà une bonne partie du corps et elle allait s'attaquer à la poitrine. « Pauline, qu'est-ce que tu fais ? Tu vas te noyer si tu continues ! » Je courais dans le bouillon froid et salé, il tentait de me repousser, il ne voulait pas qu'un type comme moi vienne lui enlever une si jolie proie. Je forçais contre le courant, attiré comme un monstre marin par cet appât miraculeux. J'arrivais finalement à elle et elle s'accrochait à mes vêtements trempés. Elle me disait : « On va y arriver, on va y arriver, on va se sortir de là. » Puis elle me repoussait et partait se noyer dans cet abîme qui la réclamait.

J'ai rallumé le feu, aux pieds de Pauline. Elle a eu un vague mouvement de tête, a baragouiné quelque chose que je n'ai pas saisi. Le chien s'est redressé en m'apercevant. Il est venu me lécher la main, s'accrochant à ma taille de son unique patte avant. Je lui ai caressé le museau, l'ai pris dans mes bras et suis allé m'allonger sur le duvet, celui dans lequel Camille et Tatiana dormaient à tour de rôle. Le chien est resté contre moi, s'est rendormi rapidement, le museau posé contre mon torse.

— On va se tenir chaud cette nuit.

J'ai fermé les yeux. Il fallait que je dorme, au moins quelques heures.

— Heureusement que tu es là, mon Félix.

Pauline

Au matin, Hugo m'a posée sur le brancard. Il a insisté pour que je m'installe la tête en bas. Il a calé mes pieds contre les poignées et a attaché mes jambes à la civière, avec de la corde, de sorte que lorsque nous nous mettrions en route, je me retrouverais à observer ce qu'il se passe dans le sens de notre avancée. Ensuite, il s'est baissé vers moi, a installé le fusil contre mon torse et l'a attaché à mon bras gauche.

— Il ne faut pas qu'il t'échappe. Tu as deux coups, si ce n'est pas suffisant, tu n'auras pas le temps de recharger. Alors tu te serviras de ça.

Il a enfoui le pistolet à ma ceinture, vérifiant que le chargeur était plein. Il avait l'air triste, ne m'avait quasiment pas adressé la parole depuis que nous nous étions réveillés.

— C'est quoi le plan, Hugo ?

Il a inspecté les cordages, les resserrant autour de mon bras et de mes jambes, s'assurant qu'ils tiendraient le coup.

— Il n'y a pas de plan. Je vais courir le plus vite possible et toi tu vas tirer sur tout ce qui pourrait nous barrer le passage.

— Il y aura des gardes, non ?

— Oui, cette nuit ils étaient trois.

Il avait le visage gris, fuyait mon regard, cherchant à occuper ses mains avec tout ce qu'il pouvait trouver d'inutile à faire.

— Hugo, regarde-moi.

Il a levé les yeux, lentement. Il semblait terrorisé. Je lui ai demandé :

— C'est du suicide ce qu'on s'apprête à faire, non ?

Il a souri.

— Ça y ressemble en tout cas.

— Je te dirais bien de me laisser ici et d'y aller sans moi. Tu aurais au moins une chance d'y arriver. Mais je sais que tu ne le feras pas. Alors tire la charrette, maudit canasson, et haut les cœurs !

On a rigolé un peu, puis il m'a embrassée sur le front. Il a saisi les poignées de la civière et a commencé à tirer lentement, le chien derrière nous.

Nous nous sommes arrêtés derrière un monticule de cendres. Le sol était déjà piétiné avant que l'on arrive et je me suis dit que c'était l'endroit où Hugo avait dû s'installer durant la nuit, pour observer le campement, essayer d'imaginer un moyen de se frayer un passage. Il a bu un peu d'eau, soufflant fort, crachant des glaires au sol. Il avait tiré comme un forcené sur ma civière pour nous amener jusqu'ici. Il semblait en colère, sur le qui-vive en permanence. Il avait quelque chose dans le regard, une sorte d'azote liquide qui emplissait ses pupilles. Une lumière si froide qu'elle en devenait incandescente. Des yeux qui promettaient la désolation à qui aurait le malheur de se mettre en travers de son chemin. Ça me peinait de voir qu'il en était arrivé là et je ne voulais pas penser à ce qu'il avait dû endurer pour changer ainsi. Cet être doux, un peu gauche, qui avait été mon frère, cachant sa sensibilité extrême derrière le masque de la pudeur. Ce garçon qui était étranger à l'amertume. Un geste tendre pour les vivants, toujours, quels qu'ils soient. Un air de dire : « Ça va aller » perpétuellement inscrit sur son visage.

Je ne voulais pas savoir, je voulais juste être avec lui, je voulais que nous avancions, ensemble, que nous sortions de ce bourbier, quitte à faire payer quelques-uns de nos bourreaux au passage, tout comme j'avais fait payer Joseph. Il ne me posait pas de questions non plus, semblait ne pas vouloir savoir ce que j'avais dû supporter pour finir telle qu'il m'avait retrouvée. Il m'avait observée en coin, pendant le trajet, tirant sur son harnachement. Durant mes moments de lucidité, j'avais senti qu'il posait les yeux sur moi, par instants, à la façon qu'il avait de ralentir, de trébucher légèrement. J'imaginais le blanc de son œil qui devait forcer douloureusement vers l'arrière, sans qu'il ose tourner la tête et assumer toutes les questions qui devaient lui tourmenter l'esprit.

La frontière était là, juste devant nous. Un amas effrayant qui montait vers le ciel, nous retenant prisonniers d'un territoire mortifère dont j'avais espéré faire mon foyer. Trois hommes en armes attendaient devant une barrière qui reliait les deux pans du mur. J'ai eu un accès de rage en les apercevant, repensant au salon de Joseph, aux deux silhouettes qui s'étaient introduites en moi comme si je n'étais rien. Et puis j'ai pensé à Frédo aussi, à mon amour anéanti sous les balles. J'ai serré la poignée du fusil, vérifiant que la prise en main était bonne. J'ai frôlé la gâchette du bout de mon doigt. Je voulais leur faire payer. Hugo s'est mis à tousser et m'a sortie de mes pensées vengeresses. Il s'est assis près de moi, caressant le chien qui s'était installé à mes côtés. Il s'est mis à parler, d'une voix monocorde.

— On pourrait attendre que la nuit tombe, on aurait plus de chances de leur échapper.

— Non, on y va maintenant. S'il fait nuit je ne pourrai pas les atteindre, je ne verrai rien. De toute façon, on a très peu d'espoir d'y arriver, alors si on peut au moins en faire payer un ou deux au passage, ce sera toujours ça de pris.

Il a soupiré longuement puis a ôté le sac à dos de ses épaules. Il l'a installé entre ses jambes. Il en a sorti un sachet plastique et quelques morceaux de viande séchée. Je l'ai observé, sans comprendre ce qu'il faisait. Il s'est mis à frotter le sachet avec la viande, puis il l'a lesté d'une pierre. Je n'ai rien dit, j'ai vu qu'il pleurait en faisant cela, en silence, une douleur sourde qui lui faisait voûter les épaules. Il a donné les morceaux de bœuf restants au chien, les larmes continuant d'inonder son visage.

— Tu es prête ?

J'ai hoché la tête. Il m'a tourné le dos et a pris la gueule du chien entre ses mains, il l'a embrassé sur le museau, sur la tête. Je voyais son corps qui sursautait doucement, cambré vers l'animal, lui murmurant des choses que je ne saisissais pas. Il s'est redressé et a pris une dernière corde dans le sac, il s'est attaché la main gauche à la poignée du brancard. Il m'a regardée, le désespoir semblant lui nouer la gorge. Il a saisi le sachet enduit de viande et l'a lancé, de toutes ses forces, vers un pan du mur. Le chien a bondi, il s'est mis à détaler après le projectile, sautant dans la poudreuse. Je ne l'aurais pas cru capable de courir de la sorte, survolant la neige grise de ses trois pattes, sautant par-dessus les quelques obstacles comme s'ils n'existaient pas. Il s'est retrouvé à deux mètres du sac, fonçant toujours plus vite.

Hugo

La mine a explosé. Je n'ai pas eu le courage de regarder dans sa direction. Ma vue était brouillée par les larmes, mais j'ai pu apercevoir deux des gardes qui se mettaient en mouvement. Ils ont couru vers le nuage de fumée, longeant le mur pour être certains de ne pas marcher sur un explosif à leur tour. Il en restait un, en alerte, près de la barrière. C'était le moment, notre unique chance. J'ai agrippé les poignées et j'ai couru vers lui. J'ai senti le corps de Pauline qui bringuebalait sur la civière, derrière moi. J'ai compris que je ne pourrais pas aller aussi vite que je l'aurais voulu. Le sol épais emprisonnait chacun de mes pas, m'imposant un effort qui cisaillait mes membres et me brûlait les poumons. Le garde ne nous a pas aperçus immédiatement, ce qui a laissé à Pauline le temps de tirer une première fois, essayant de le prendre par surprise. La détonation m'a fait siffler le tympan et j'ai entendu Pauline qui râlait contre mes mouvements trop brusques.

— Ça bouge trop, je n'arrive pas à viser !

La chevrotine est venue s'encastrer dans le mur, loin derrière le garde. Il a poussé un cri de rage et s'est jeté au sol. J'étais trop lent, je le savais. Ses compagnons d'armes ne tarderaient pas à revenir, alertés par le bruit. J'ai continué de tirer furieusement sur les poignées. Je sentais les muscles de mes mollets prêts à rompre sous le poids de l'effort. Pauline a tiré pour la deuxième fois, ratant sa cible de nouveau. Elle s'est mise à hurler.

— Bordel, je vais pas y arriver, Hugo !

Pauline

Hugo haletait tout ce qu'il pouvait devant moi, je le sentais prêt à s'effondrer. Ses jambes ne tenaient plus et pourtant il continuait, tête baissée, concentré sur sa mission. J'ai essayé de dénouer la corde qui entourait mon bras, pour me débarrasser du fusil dont j'avais consommé les cartouches. Le lien n'a pas voulu céder. J'ai saisi le pistolet glissé à ma ceinture et j'ai visé le garde qui s'était remis debout et qui nous a aperçus au moment où j'ai brandi l'arme vers lui. Il a envoyé une première salve de balles qui a poussé Hugo à plonger au sol. Le brancard est tombé, mes jambes ont heurté le terrain d'un coup sec. J'ai failli m'évanouir sous le coup de la douleur. J'ai appuyé sur la gâchette, sans pouvoir viser, dirigeant le canon à l'aveugle en direction du garde. J'ai dû tirer quatre balles, peut-être cinq avant que je ne puisse reprendre mes esprits et réaliser que je gaspillais mes munitions. Je me suis mise à hurler.

— Bouge, Hugo, relève-toi et avance. Vite !

Il s'est redressé comme il pouvait, s'y prenant à deux fois, s'appuyant sur un bras.

— Ferme-la, Pauline, merde.

Il a dit ça d'une voix cassée, sans souffle, la bouche encombrée. Puis il s'est remis en marche, tant bien que mal. Boitant légèrement, poussant des cris rauques à chaque pas. Le garde avait plongé de nouveau sous le coup des détonations. J'ai aperçu le haut de sa cagoule dépasser d'une butte grise. Il s'est redressé légèrement et nous a visés alors que la barrière n'était plus qu'à quelques pas de nous. J'ai tiré en même temps que lui, les balles ont sifflé et il s'est écroulé. J'ai poussé un cri de joie.

— Je l'ai eu, bordel. Je l'ai eu, Hugo !

Il ne m'a pas répondu, il continuait à avancer, toujours plus lentement, vers le passage à niveau qui nous faisait face.

— Tu m'entends, Hugo ?

— Oui, je t'entends, on y est. On va y arriver.

Il a lâché le brancard. Je suis retombée, ma blessure me lançait. Il s'est jeté sur la manivelle qui permettait de remonter la barrière. Je l'ai regardé peiner sur le mécanisme, un tour après l'autre, appuyant dessus avec rage. Le cliquetis difficile de chaque engrenage qui semblait résister. J'ai vu du sang qui coulait depuis sa manche et qui venait souiller la peau de ses mains. Il grognait, soufflait des insultes inintelligibles aux poignées de métal qu'il agrippait et qui étaient entrées en résistance, qui ne semblaient pas prêtes à lui laisser gagner le moindre terrain.

Hugo

J'ai poussé sur l'essieu. Mes mains étaient poisseuses, recouvertes de sang, elles glissaient sur la manivelle. J'ai enroulé le tee-shirt qui me protégeait le visage autour du bois afin d'avoir une meilleure prise. La barrière a commencé à se lever, lentement. J'ai redoublé d'efforts. J'ai forcé jusqu'à ce qu'elle soit assez haute, peut-être un mètre au-dessus du sol. Juste ce qu'il fallait pour que l'on puisse passer dessous. Pauline s'est mise à crier de nouveau.

— Ils arrivent, Hugo. Je les vois. Ils reviennent !

J'ai agrippé la civière alors que les détonations retentissaient. Je l'ai remorquée, sans regarder ailleurs que devant moi, vers chez mon père, vers chez nous. Les projectiles ont remué le sol à mes pieds. J'ai senti une douleur dans le dos, juste au-dessus de l'endroit où s'était logée la première balle. J'ai lâché les poignées, le brancard n'étant plus retenu à moi que par la corde. Pauline hurlait, sans que je comprenne ce qu'elle disait. Elle criait de rage et de désespoir parce qu'on y était presque, parce qu'on ne pouvait pas s'arrêter maintenant. J'ai continué, m'écroulant à chaque pas, et dès que j'arrivais à franchir plus de vingt centimètres, j'entraînais mon bras vers l'avant, faisant glisser la civière retenue par le cordage vers la maison. Les bâtiments étaient devant nous, ils étaient debout, piquaient vers le ciel. De gigantesques totems donnant envie de se prosterner à leur pied, d'implorer leur protection. Les gardes ne nous suivraient pas, ils ne pouvaient que se contenter de nous prendre pour cibles, adossés à leur muraille sortie des enfers, chercher à nous transpercer la chair. Ils allaient s'acharner afin que nous ne nous évaporions pas dans les ruelles. Je n'avais plus la force, j'avais le dos troué et mes jambes ne répondaient plus. Pauline hurlait de plus belle. Elle n'avait pas abandonné, elle ne se résignerait jamais. Elle était comme ça, déjà lorsque nous étions enfants, elle avait plus de courage, plus de force que moi. Je ne pouvais plus avancer, c'en était fini de nous et je n'osais pas tourner mon visage vers elle. J'avais peur de lire la déception dans son regard. Je me suis écroulé au sol et je savais que c'était la dernière fois, je ne me relèverais plus. J'ai poussé mon menton hors de la poussière, forçant sur ma nuque, afin d'avoir la vision de la ville devant moi, de partir avec l'image des géants de tôle, de pierre et d'acier. Toujours aussi robustes, toujours aussi beaux. Toutes ces vitres derrière lesquelles des gens avaient vécu. Des pièces, de toutes tailles, qui avaient abrité la vie. J'ai aperçu une ombre, au loin, à une des fenêtres. Quelqu'un contemplait le spectacle, attendait de voir quelle distance nous pourrions parcourir avant que la mort prenne pleinement possession de nous. Je l'ai maudit de nous observer ainsi, d'être le voyeur qui assistait à notre dernier souffle. J'ai voulu crier des insultes, lui jeter des sorts qui le poursuivraient pour l'éternité, mais aucun son ne sortait plus de ma gorge. Mon souffle était parti avant moi. La fenêtre s'est ouverte, reflétant, pendant un court instant, un rayon de la lumière pâle. Un long canon noir est apparu, un tuyau de métal qui jurait avec la surface beige de la façade. Au premier coup de feu, un des hommes qui s'échinaient à nous canarder s'est mis à hurler derrière nous. Au second, le silence s'est fait.

Pauline

Hugo était allongé au sol, sur le ventre, sans plus donner le moindre signe de vie. Je me suis redressée sur la civière, j'ai touché ses jambes qui restaient inertes. J'ai jeté le pistolet contre ses épaules, espérant que le choc le sorte de sa torpeur. Il n'avait aucune réaction. Alors je me suis mise à crier quelques supplications vers les bâtiments devant nous. Espérant fébrilement que le vent porterait ma voix, que la personne qui nous avait secourus descendrait à notre rencontre. Qu'elle arriverait telle une apparition divine dans le couchant, nous installerait tous les deux sur le brancard et nous emmènerait à l'abri, derrière cette fenêtre depuis laquelle elle nous avait arrachés à la mort. Mais personne ne venait et le silence semblait plus assourdissant encore que le vacarme qui l'avait précédé. Le vent soufflait, charriait des paquets de cendres et le niveau du sol montait lentement. J'ai tiré sur la corde qui reliait le brancard au bras de Hugo, de toutes mes forces, jusqu'à ce que son visage se trouve à ma portée. J'ai ôté ses lunettes de protection avant de lui asséner deux claques, violentes. Il a ouvert les yeux, son regard semblait vide. Il ne me voyait pas. J'ai ouvert le sac qu'il portait sur ses épaules. J'en ai sorti la bouteille d'eau et l'ai déversée sur sa tête. Il a entrouvert la bouche, laissant le liquide imprégner sa langue. Il a toussé un peu.

— Il faut que tu te relèves, Hugo. On y est presque.

Il a toussé de nouveau, plus fort, faisant jaillir quelques gouttes de sang entre ses lèvres. Puis il a poussé un râle et s'est recroquevillé sur lui-même. Dans une position fœtale qui annonçait le renoncement. Il s'est mis à émettre quelques sons que j'avais du mal à distinguer, d'une voix tremblante et trop aiguë pour être celle d'un adulte. Je me suis approchée pour comprendre. « Le chien ». Il répétait ça, sans cesse.

— Oui, Hugo. Le chien. Il faut aller le chercher.

Il a levé lentement le visage vers moi. Il pleurait.

— Il faut aller chercher le chien, Hugo.

Il m'a regardé un temps. L'air hagard. Le visage dressé vers moi alors que son corps restait étalé au sol. Je lui ai dit :

— Ils nous attendent, à la maison. Il faut qu'on y aille, qu'on les retrouve. Le chien et Papa.

Un sourire s'est dessiné sur son visage. Il a hoché la tête, lentement. Il a semblé chercher ses mots pendant un temps, il maintenait sa bouche ouverte, mais aucun son ne voulait en sortir. Il a finalement réussi à articuler, dans un souffle :

— C'est promis ?

— Oui, c'est promis, mon Hugo. Ils nous attendent à la maison.

Il s'est d'abord assis, les mains posées sur ses cuisses. Il est resté longtemps dans cette position. Je n'espérais plus rien, m'attendais à le voir glisser au sol à tout instant. Il a pris appui sur un pied et s'est mis debout, vacillant, posant ses mains sur un support imaginaire.

Les rares êtres vivants que nous croisions nous auscultaient du regard avant de s'éloigner rapidement à la vue de mon fusil. Ils semblaient affamés, épuisés par la peur. Hugo avançait, les jambes raides, sans s'arrêter. Il ne faisait pas un bruit, même le son de ses pas semblait étouffé. Il suivait ce qu'il restait des lignes de tramway. J'avais la sensation que ses pieds ne touchaient pas le sol, qu'ils flottaient à quelques centimètres au-dessus des débris. Je lui ai demandé comment il se sentait, s'il voulait faire une pause. Il ne m'a pas répondu. Il avait agrippé les poignées et avalait la distance sans souffler, le sang gouttant depuis ses manches, les deux impacts noirs, en haut de son dos, le faisant pencher vers la gauche. Il trébuchait, mais reprenait toujours son équilibre, sans broncher. Je reconnaissais certaines rues, certaines devantures dont il ne restait plus qu'une vitre brisée, parfois recouverte de plaques de bois ou de cartons. Des magasins dans lesquels il m'était arrivé de faire une course, des cafés dans lesquels j'étais allée boire un verre avec des amis ou des garçons que je convoitais. Sur certains murs, il restait des affiches, des publicités qui avaient perdu leurs couleurs criardes, mais dont mon cerveau avait mémorisé les logos. La ville était toujours là, elle était malade, mais c'était bien elle. J'ai eu envie de me lever, de forcer mes jambes à se mettre en marche. D'aller courir sur les trottoirs qui m'avaient vue grandir. De faire abstraction des ravages et de filer dans les ruelles, de crier à qui voulait l'entendre que j'étais revenue, que j'étais vivante. Que j'avais vaincu la mort et que j'étais de retour, avec mon frère. Que la destinée était une traînée, mais que nous l'avions mise à genoux. Que rien ne pourrait plus nous arrêter. Sortez les rameaux, accueillez-nous comme il se doit, nous arrivons ! Prosternez-vous devant notre passage, pleurez de bonheur, car vous nous aviez crus morts, vous aviez osé douter de nous et nous voici, avançant dans les allées qui se languissaient de nous.

Mes reins me faisaient souffrir. J'ai fermé les yeux, essayant de me concentrer sur autre chose. Peut-être ai-je dormi un peu, pendant un temps. Lorsque je les ai rouverts, j'ai eu cette sensation d'avoir été téléportée dans une rue qui m'était encore plus familière, à quelques pâtés de maisons de l'appartement. Nous sommes passés devant le parc où je m'isolais parfois, le soir venu, pour téléphoner. J'ai eu du mal à le reconnaître. Les arbres avaient été coupés, il restait leurs souches, au ras du sol. Les bancs avaient été débarrassés de leurs planches, seule leur armature métallique rappelait qu'ils avaient un jour été là. Un groupe d'enfants s'est approché des clôtures. Ils étaient habillés de haillons. Ils nous ont observés avec un air surpris. Le plus petit d'entre eux a fait un signe de tête en direction de Hugo, comme s'il le connaissait. Il avait le visage déformé et des yeux noirs qui brillaient d'une intensité inquiétante. Ils ont sauté par-dessus le grillage, les uns après les autres et nous ont suivis, en silence. Ils nous accompagnaient telle une meute de chiens affamés qui auraient reconnu leur meneur. Hugo ne s'est pas retourné, il a fait comme si les gamins n'existaient pas. Il était une machine, un moteur rodé que rien ne pourrait arrêter, uniquement focalisé sur sa destination. Ils se sont immobilisés lorsque nous sommes arrivés au bas de l'immeuble. Le gosse à la gueule déformée a mis un grand coup de pied dans la porte vitrée du hall et l'a tenue ouverte le temps que Hugo me tire à l'intérieur. Ils sont restés dehors, nous ont observés alors que nous nous engouffrions dans le rez-de-chaussée du bâtiment.

Les escaliers de ciment brut. L'odeur de poussière et la résonance de chaque pas. Les sons qui partent et qui montent en spirale, suivant les étages jusqu'à se fracasser, en haut, sur la dernière porte du dernier palier. Les murs, de chaque côté, aux couleurs passées, recouverts d'une peinture brillante et trop épaisse. Le rouge changé en violet par les traces de doigts, les frottements de coudes ou d'épaules au niveau de la rampe. Les quelques graffitis mal assurés, au marqueur, truffés de fautes d'orthographe. Les signatures de ceux qui n'ont pas trouvé d'autre moyen d'exister, de dire j'étais ici et j'étais vivant. Les halogènes au plafond aussi, qui déposent leur lumière blafarde sur tout ce qui passe, que l'on maudit en secret de faire ressortir toutes les imperfections de notre visage. Tout était là, la mémoire embaumée qui revient à la vie. Ça s'imposait à moi alors que Hugo gravissait chaque étage comme s'il s'agissait d'une montagne, que ma tête cognait douze fois les douze marches qui indiquaient que nous avions franchi une étape de plus vers l'appartement. Il a appuyé sa tête contre la porte blindée, le front sur l'œilleton. J'ai pensé à la marque que ça pourrait lui laisser. Hugo changé en Hindou, c'est l'image qui s'est imposée à moi avant que je ne la chasse de mon esprit. Il s'est mis à chercher la clé dans son sac, sans baisser le visage. Son nez écrasé contre le métal, sa bouche qui bavait, laissant une trace humide qui sécherait trop vite et disparaîtrait. Il a trouvé le trousseau, j'ai entendu un tintement avant qu'il ne l'amène, d'une main tremblante, jusqu'à la serrure. Il a fait tourner le verrou, deux fois, et il a failli tomber lorsque la porte a pivoté, laissant place à l'ouverture béante.

Il s'est écroulé sur le sol de l'entrée, pavé de carreaux de ciment. La porte est restée ouverte, il n'avait pas la force de la refermer, il n'aurait plus la force de rien. Je me suis penchée vers lui, il avait les yeux exorbités et observait le plafond comme s'il s'agissait d'un écran où seraient projetées des choses merveilleuses. Il souriait. Je me suis collée contre son buste.

— Tu l'as fait, Hugo. Tu y es arrivé.

Il n'a rien dit. Sa respiration était hachée, encombrée par le sang et la poussière. Ses poumons lançaient des notes aiguës dans la pièce à chaque fois qu'ils essayaient d'oxygéner son corps. Il m'a saisi la main, l'a serrée. Sa peau était brûlante. Il a toussé un peu et de l'écume s'est mise à couler le long de son menton. Je lui ai caressé les cheveux, lui ai ôté la poussière et la bave qui collaient à ses lèvres. Je sentais la respiration qui s'échappait de ses narines, trop rapidement. Le meuble verni était toujours là, posé dans un coin. Les quatre planches de bois que mon père avait collées les unes aux autres afin d'entreposer ses chaussures. Plus rien ne l'encombrait et ça m'a tordu le ventre. J'ai pensé à *La Ruée vers l'or*, aux films que l'on regardait en famille le samedi soir. J'ai revu Chaplin qui mangeait sa botte en cuir. Cette scène qui me faisait alors tellement rire et qui aujourd'hui me donnerait la nausée.

— Hugo, elles sont où les chaussures de Papa ?

Il s'est redressé, laissant une flaque de sang sur le carrelage. Il a poussé sur ses jambes, il chancelait, s'est rattrapé à la bibliothèque qui recouvrait le mur. Il s'est dirigé vers le couloir, lentement, il ressemblait à une statue de vieillard. Gris des pieds à la tête, le haut du corps courbé sous le poids de la pesanteur. J'avançais aussi, malgré moi, suivant les traînées rouges sur le sol, comme s'il s'agissait de rails dans lesquels le bas de la civière venait s'encastrer. Les semelles souillées de son propre sang inondaient le sol. Et la corde, toujours là, qui nous retenait l'un à l'autre comme des siamois, qui maintenait son bras gauche en arrière, sans qu'il n'y prête plus attention. À mesure que nous approchions de la chambre de mon père, une odeur aigre a envahi l'atmosphère. Il est entré, me forçant à le suivre. Il s'est écroulé sur le drap, à côté d'un corps gonflé, au centre des bourdonnements incessants qui envahissaient l'espace au-dessus du lit. J'étais condamnée à rester au sol, mon corps bloqué par la civière. J'ai posé mon épaule contre un mur. Je sentais un nœud dans ma gorge, prêt à m'étouffer.

— Ne reste pas là, Hugo. Il faut qu'on sorte d'ici.

Il m'a regardée, il a ri un peu, à moins qu'il ne se soit mis à tousser, je ne savais pas. Il a tendu un doigt vers la porte, ses mains commençaient à bleuir. Je voulais me lever, le saisir par les épaules et le secouer, le frapper. Tout pour qu'il quitte ce lit de mort. Il s'est tourné vers le corps allongé à ses côtés, a posé son visage contre son épaule et s'est laissé aller, dans un dernier souffle. Je l'ai appelé, plusieurs fois, et j'ai compris. J'ai su qu'il était parti pour de bon. Je n'ai pas réfléchi, je me suis mise à additionner les secondes jusqu'à soixante. À tenir le compte.

Un, deux, trois…

Une minute que Hugo est parti.

Un, deux, trois…

Deux minutes.

Jusqu'à ce que j'arrive à une heure.

Une heure que je suis orpheline de frère.

Un, deux, trois… Et j'ai continué ainsi.

Vidant mon cerveau de toute charge inutile, n'y imprimant plus que des nombres, des chiffres énormes, qui occupaient tout l'espace possible. Je suis arrivée à six heures, puis à neuf, à dix. Je me suis retrouvée dans la pénombre et j'ai poursuivi mon décompte dans la puanteur et le vrombissement de la mort. J'arrivais à treize lorsque la lumière a traversé les persiennes, elle a inondé la pièce, éclairant ce que je ne voulais pas voir. Paul et Hugo, l'un contre l'autre. Les insectes qui voletaient au-dessus de leurs corps, dansant dans la lumière du jour naissant, sans aucune conscience de la peine qui avait envahi chaque recoin de la pièce. J'ai arrêté de compter, sans m'en rendre compte. J'ai voulu reprendre, mais je ne savais plus où j'en étais. Je me suis abandonnée dans la contemplation de la nature morte qui me faisait face. J'ai fini par tirer sur les cordes qui me retenaient à la civière, celles qui maintenaient le fusil accroché à mon bras. J'avais les doigts engourdis, les liens ont résisté longuement avant de céder. Je me suis approchée de Hugo, prenant appui sur l'armature du lit. J'ai touché sa chaussure, à quelques centimètres de mon visage. Je l'ai retirée, lui ai caressé la plante du pied, j'ai embrassé sa main. Je suis restée un moment avec lui, le visage posé contre sa paume. Quelques insectes sont venus sur ma bouche, mes paupières. Je les ai laissés faire, le chatouillement provoqué me semblait supportable.

Une musique s'est mise en route, d'un coup, alors que le sommeil allait m'emporter. Elle en a fait trembler les vitres, le sommier a vibré sous l'effet des basses. C'était si fort. Des cordes, des tambours, des cuivres. L'intensité des instruments m'a saisi le corps entier. Ça venait du salon et ça recouvrait le bruit des insectes. Même la puanteur semblait s'estomper sous l'effet des instruments. Je me suis laissée tomber au sol et j'ai rampé, à la force de mes bras. La musique accompagnait chacun de mes gestes. Je suis arrivée à la salle de bains. La porte était ouverte, la lumière était allumée, me confirmant que l'électricité était revenue. L'ampoule grésillait faiblement et inondait le sol d'une lumière blanche. Les étagères étaient encombrées des affaires de toilette de mon père. Des serviettes élimées, de la mousse à raser, du parfum. Un tapis de bain rose qui datait de mon enfance était posé au pied de la baignoire. Il y avait un placard au niveau du sol, je me suis souvenue que c'était l'endroit où il rangeait le surplus de ses savons, de ses shampoings. Je voulais poser mon nez sur les flacons, retrouver les effluves qui avaient accompagné mes jeunes années. J'ai ouvert le battant en contreplaqué. À l'intérieur, tout avait été remplacé. Les tablettes étaient surchargées, de bas en haut, sans aucun espace libre, par des bandes, des bouteilles de sirop, des désinfectants, des boîtes en carton. Je me suis mise torse nu, j'ai jeté le haut de mes vêtements dans la baignoire. Mon pansement avait glissé. Il ne formait plus qu'une fine ceinture jaunie au-dessous de mon nombril. J'ai saisi la paire de ciseaux qui était posée sur l'enchevêtrement de médicaments et j'ai coupé la gaze qui ne servait plus à rien. J'ai ouvert un des flacons d'alcool, je me suis allongée sur le ventre et je l'ai déversé sur le bas de mon dos. J'ai failli crier, mais la musique était toujours là, si présente, je ne voulais pas l'encombrer de ma voix. J'ai ouvert la bouche, aucun son n'en est sorti, les larmes sont apparues aux coins de mes paupières et j'ai entendu une sirène, au loin, qui se mettait en route, accompagnant le Requiem.

Remerciements

Un merci particulier à Anne-Marie Filho pour son aide et ses conseils précieux.

Merci à Vanessa Filho pour tout son soutien.

Merci à Gilles Filho pour sa gentillesse et pour le vin toujours partagé.

Merci à Camille Racine de m'avoir fait confiance et d'avoir cru en ce livre.

Merci à Damien Bergeret.

Merci à Juliette Seydoux.

Merci à Rosalie Carrel.

Merci à Léa Soumali.

Merci à Gary Gillet.

Merci à Dominique Bossi et sa famille.

Merci à Dominique Besson, Alexandre et Nicolas Gallien.

Et enfin un merci éternel à mon père, Michel Gallien, à qui ce livre est dédié.

PARUS DANS
LA BÊTE NOIRE

NOÉMIE ADENIS
Le Loup des ardents (Grand Prix des Enquêteurs 2021)

KATERINA AUTET
La Chute de la maison Whyte (Grand Prix des Enquêteurs 2020. Prix littéraire de la Renaissance française 2020)

CÉDRIC BANNEL
Baad (Prix du meilleur polar des lecteurs de Points 2017)
Kaboul Express
L'Espion français

JACQUES-OLIVIER BOSCO
Brutale
Coupable

RHYS BOWEN
Son Espionne royale
Tome 1, *Son Espionne royale mène l'enquête*
Tome 2, *Son Espionne royale et le mystère bavarois*
Tome 3, *Son Espionne royale et la partie de chasse*
Tome 4, *Son Espionne royale et la fiancée de Transylvanie*
Tome 5, *Son Espionne royale et le collier de la reine*
Tome 6, *Son Espionne royale et les douze crimes de Noël*
Tome 7, *Son Espionne royale et l'héritier australien*
Tome 8, *Son Espionne royale et la reine des cœurs*

FRANCK CALDERON, HERVÉ DE MORAS
Là où rien ne meurt

JULIA CHAPMAN
Les Détectives du Yorkshire
Tome 1, *Rendez-vous avec le crime*
Tome 2, *Rendez-vous avec le mal*

Tome 3, *Rendez-vous avec le mystère*
Tome 4, *Rendez-vous avec le poison*
Tome 5, *Rendez-vous avec le danger*
Tome 6, *Rendez-vous avec la ruse*
Tome 7, *Rendez-vous avec la menace*

KAREN CLEVELAND
Toute la vérité

DANIEL COLE
Ragdoll
Tome 1, *Ragdoll* (Prix Griffe noire du polar de l'année 2017)
Tome 2, *L'Appât* (Prix Bête noire des libraires 2018)
Tome 3, *Les Loups*
Pietà

SANDRONE DAZIERI
Tu tueras le Père
Tu tueras l'Ange
Tu tueras le Roi

LARA DEARMAN
La Griffe du diable
L'Île au ciel noir

INGRID DESJOURS
Les Fauves
La Prunelle de ses yeux

CLAIRE FAVAN
Serre-moi fort (Prix Griffe noire du meilleur polar français 2016)
Dompteur d'anges
Inexorable

REBECCA FLEET
L'Échange
La Seconde Épouse

DOMINIQUE FORMA
Coups de vieux

AMY GENTRY
Les Filles des autres
De si bonnes amies

PATRICE GUIRAO
Le Bûcher de Moorea
Les Disparus de Pukatapu

L. S. HILTON
Maestra
Domina
Ultima

INGAR JOHNSRUD
Les Adeptes
Les Survivants

ELIZABETH KEY
Sept Mensonges

MATHIEU LECERF
La Part du démon

SARA LÖVESTAM
Chacun sa vérité (Grand Prix de littérature policière 2017, domaine étranger. Prix Nouvelles Voix du polar 2018, roman étranger)
Ça ne coûte rien de demander
Libre comme l'air
Là où se trouve le cœur

FABIO MITCHELLI
Une forêt obscure
Le Tueur au miroir
Le Loup dans la bergerie

NADINE MONFILS
Les folles enquêtes de Magritte et Georgette
Nom d'une pipe !
À Knokke-le-Zoute !

Nicole Neubauer
Sous son toit

Vincent Ortis
Pour seul refuge (Grand Prix des Enquêteurs 2019)
Patiente

Gin Philipps
Le Zoo (Prix Transfuge du meilleur polar étranger 2017)

Antoine Renand
L'Empathie (Prix des lecteurs Gouttes de Sang d'Encre 2019. Prix Nouvelles Voix du polar 2020, roman français)
Fermer les yeux
S'adapter ou mourir

Fabrice Rose
Tel père, telle fille (Prix Bête noire des libraires 2020)

Rydahl & Kazinski
La Mort d'une sirène

Romain Slocombe
La Trilogie des collabos
L'Affaire Léon Sadorski (Prix Libr'à Nous 2017, catégorie polar)
L'Étoile jaune de l'inspecteur Sadorski
Sadorski et l'Ange du péché
La Trilogie de la guerre civile
La Gestapo Sadorski
L'inspecteur Sadorski libère Paris

Thibaut Solano
Les Noyés du Clain

Clémentine Thiebault
En votre intime conviction – Les Ondes

Ilaria Tuti
Sur le toit de l'enfer (Prix Bête noire des libraires 2019. Prix Nouvelles Voix du polar 2020, roman étranger)
La Nymphe endormie
À la lumière de la nuit

Harriet Tyce
Blood Orange

Annette Wieners
Cœur de lapin

Retrouvez

LA BÊTE NOIRE

sur Facebook, Twitter et Instagram

Composition et mise en pages
Nord Compo à Villeneuve-d'Ascq

MIXTE
Papier issu de
sources responsables
FSC® C003309

L'éditeur de cet ouvrage s'engage dans une démarche
de certification FSC® qui contribue à la préservation
des forêts pour les générations futures.

Pour en savoir plus :
www.editis.com/engagement-rse/

Achevé d'imprimer en décembre 2021
par Normandie Roto Impression s.a.s.
61250 Lonrai (Orne)
Dépôt légal : décembre 2021
N° d'édition : 63097/01 – N° d'impression : 2106487

Imprimé en France